넉넉한 곁

지은이 **김창균**

강원도 평창군 진부 출생
강원대학교 국어교육과 및 동대학원 졸업
1996년 『심상』으로 등단
시집 『녹슨 지붕에 앉아 빗소리 듣는다』, 『먼 북쪽』
현재 한국작가회의 회원, 설악고등학교 교사

넉넉한 곁

© 김창균, 2012
1판 1쇄 인쇄__2012년 11월 30일
1판 1쇄 발행__2012년 12월 10일
지은이__김창균
펴낸이__양정섭
펴낸곳__작가와비평
　　　　　　등　록__제2010-000013호
　　　　　　주　소__경기도 광명시 소하동 1272번지 우림필유 101-212
　　　　　　블로그__http://wekorea.tistory.com
　　　　　　이메일__edit@gcbook.co.kr
공급처__(주)글로벌콘텐츠출판그룹
　　　　　　대　표__홍정표
　　　　　　디자인__김미미
　　　　　　편　집__배소정
　　　　　　기획·마케팅__노경민 배정일
　　　　　　경영지원__안선영
　　　　　　주　소__서울특별시 강동구 길동 349-6 정일빌딩 401호
　　　　　　전　화__02-488-3280
　　　　　　팩　스__02-488-3281
　　　　　　홈페이지__www.gcbook.co.kr
값 12,800원
ISBN 978-89-97190-50-8 03810

김창균의 엽서 한 장

넉넉한 결

작가와비평

차 례

1부 │ 기별 │

3부   길

기 별

나는 어느 때부터인가 그리움을
기다림으로 읽기도 합니다.

게으른 자의 딴청

세월이 가고 나이가 들어가니 게으름만 늘어갑니다. 이것은 느리게 사는 삶이 아니라 순전히 귀찮아하고 움직이기 싫어한다는 의미입니다.

미루고 미루다 너무도 오랜만에 이백여 평 되는 밭에 농사일 하러 갑니다. 주인을 기다리다 거의 다 떨어져 온몸에 상처 입은 감들과 碑銘처럼 서있는 잡풀들. 아직 추수하지 못한 농작물들이 최후의 한 인간을 기다리고 있었습니다. 너무 오랫동안 농작물을 방치해 두어서 엄두가 나지 않아, 추수는 다음으로 미루고 까치발을 하고 서서 홍시를 따먹었습니다. 잠깐 저녁노을이 내 이마에 비치다 산을 넘어 가 버리고 나는 홍시처럼 붉어진 얼굴을 밭이랑에 묻고 싶어졌습니다.

생의 방죽이 바람을 막느라 안간힘을 쓰고 있는 늦가을 텃밭에 앉아 어젯밤 꾸었던 악몽을 살짝 들춰봅니다. 악몽도 오래 꾸면 살이 될까. 내성이 생긴 악몽들. 나는 한 때 이불을 끌어당기며 빨리 나이가 들어 무서움을 타지 않는 몸을 갖길 바란 적이 있었습니다. 그런데 이불은 자꾸 발가락에 걸려 아주 힘겹게 당겨지곤 했었지요.

추수하러 온 인간이 일은 하지 않고 밭고랑을 깔고 앉아 하는 생각치고는 황당하지요. 밭고랑에 앉아 곡식들과 마주하면 이렇듯 나에겐 많은 생각들이 오고 갑니다. 일하기 싫어하는 자의 습성이 발현돼서 그렇겠지요.

다 시든 고구마 줄기를 발로 툭툭 차며 고구마가 기억하는 한 때의 생의 푸르름도 생각해 봅니다. 그 푸르름의 시절엔 상처도 있어 그 상처들이 숟가락하나로 빗장을 건 낡은 대문을 밀며 들이닥칠 것 같은 초겨울이 예감되는 시간입니다.

이식, 소멸 그리고 북쪽

비 내리는 오후, 이식 당하는 나무들을 물끄러미 바라보고 있습니다.

강제 이주의 기분이 어떨까 생각해 보기도 합니다. 자기가 자란 땅에서 유배되는 것들은 그 사연이 어떻든 간에 저마다의 울음과 생의 내력을 함께 가져가겠지요.

만주벌판에서 헤매었을 이용악도 남신의주에서 남의 집을 잠시 얻어 살았던 백석도 모두 떠밀린 자들의 삶을 살았을 테지요.

이식당한 나무들 위로 촉촉하게 가랑비 내립니다. 저것들이 다가올 겨울을 어떻게 날 수 있을까를 생각하니 벌써부터 추워집니다. 내 몸의 수분과 온기로는 턱도 없고 해서 그냥 서성거리기만 합니다. 저들도 저들 나름대로의 생존 방식을 가지고 있기는 하겠지만 저 한 몸 추스르는 데는 꽤 오랜 시간이 걸리겠죠.

생은 궁극적으로는 소멸에 바쳐지는 것이라는 생각을 하긴 하지만 그래도 소멸은 흔적을 남겨 결국 소멸되지 못하는 경우가 많은 것 같습니다. 그래서 어쩌면 소멸은 살아 있는 것들의 궁극적인 꿈일지도 모르겠습니다.

그리운 것들 보고 싶어도 볼 수 없어 간절함만 커지니, 흐린 하늘에 대고 낮은 소리로 중얼거려보는 오후입니다.

덩달아 이용악의 시 「북쪽」도 낮게 읊조려 봅니다.

북쪽은 고향

그 북쪽은 여인이 팔려간 나라

머언 산맥에 바람이 얼어붙을 때

다시 풀릴 때

시름 많은 북쪽 하늘에 마음은 눈감을 줄 모른다

— 이용악, 「북쪽」 전문

단풍 쪽으로 걷기

비가 올 것 같이 눅눅한 날입니다.

사무실 앞 주차장에는 몇 개의 단풍 이파리들이 묻힐 곳 없어 알몸으로 말라가고 있습니다.

눈을 반쯤만 뜨고 보니 닭의 발자국처럼 보이기도 하구요. 비가 내리면 어딘가로 걸음을 옮길 저 붉은 발자국은 힘이 없어 보입니다.

술을 많이 마시고 귀가하다 못내 그리운 이가 있어 전화를 하면 갑자기 말문이 막히는 때가 있지요. 너무도 할 말이 많아서, 말이 불쑥 튀어 나오지 못하는 이 경우를 뭐라 해야 할까요? 알랭 코르노 감독이 만든 〈세상의 모든 아침〉이라는 영화의 대사 중 "침묵은 언어의 이면"이라는 말을 생각해 봅니다. 그리고 세상에서 가장 사랑하는 한 사람에게 바쳐지는 노래의 슬픔이나 다시는 두 번 다시는 오지 않을 '세상의 모든 아침'같은 것을 생각해 봅니다.

물고기 성자

아는 분이 케터 콜비츠의 화집을 보고 충격적이라는 편지를
보내왔습니다. 예전에 케터 콜비츠의 화집을 본적이 있지요. 굉
장히 리얼하고 거칠고 강한 느낌의 판화였던 것으로 기억 됩니
다. 리얼한 생의 공포와 전쟁의 역겨움을 생각하게 하기도 하지
요. 지금 생각나는 것은 전쟁 통에 강간당한 한 여인을 그린 〈능
욕〉, 〈배고픔〉, 〈죽은 아이를 안은 여인〉이라는 제목의 그림과
어머니의 치맛자락을 붙들고 가는 아이들을 담은 그림.

그리고 그녀가 한 말 중

"이 지구상에서 벌어지고 있는 살인·거짓말·부패·왜곡, 즉 모
든 악마적인 것들에 이제는 질려버렸다. 나는 예술가로서 이 모든
것을 감각하고, 감동하고, 밖으로 표출할 권리를 가질 뿐이다."

라는 말 정도입니다.

　며칠 전 내가 근무하는 학교에 수족관을 설치했는데 그 속에 유난히 못생기고 행동도 느려 빠진 고기 3마리가 있었습니다. 그 고기의 이름인 즉 '청소고기'랍니다. 오늘은 술이 덜 깬 눈으로 청소고기를 유심히 바라보다가 한없이 내가 부끄러웠습니다. 저들은 마치 물속의 성자처럼 고기들의 처소를 깨끗하게 하는 일에 평생을 거는데 아침이 와도 덜 깬 몸으로 세상에 나오다니.

　물고기야
　물고기야
　오늘 그대는 나의 종교다.

엽서 5

소멸에 대한 경배

춥다. 춥다. 새파랗게 춥다.

노숙하는 것들의 체온이 걱정되는 아침입니다. 도시락 싸 달라는 작은 아이의 칭얼거림을 해결할 수 없는 아침은 또 무 기력해집니다.

이렇게 춥게 바람은 부는데 바람 먹고 자라는 숲은 맘껏 탱탱해집 니다. 날아갈지도 모르겠습니다. 붙들어 매야지. 휘청거리는 몸들...

가벼워진다는 것은 무거움이 다 지나간 자리에 있는 것일까, 아니면 애초에 절대자로 존재한 것일까. 이런 쓸데없는 생각을 하며 아침 창을 내다봅니다.

전화기를 타고 갑작스런 부음이 오고, 이런 날은 저녁쯤 문상 을 가게 되겠죠...

차츰 나이가 들면서 생성보다는 소멸하는 것들을 경배할 일이 더 많아집니다. 오늘 저녁엔 망자에게 '따뜻한 술 한 잔 부어 드리고 와야지' 생각하니 영하의 아침이 훈훈해지기도 합니다.

진실이 있던 자리

느리고 긴 걸음으로 산책을 합니다.
그리고 차고 또 긴 의자에 앉아 호수 쪽으로
몸을 기울여 봅니다.
어떤 흔적들이 있었던 곳이 일렁입니다.
호수의 기억은 참으로 위대합니다.
언젠가 한 번 와본 곳입니다.
종이컵에 담긴 커피가 다 식을 때까지
그곳에 앉아 있습니다.
저 호수가 그렇듯
사랑은 아니 사랑이라는 이름 아래 바쳐진
숱한 언어들은 은유를 내장하고 있습니다.
어떤 때는 그 은유 때문에 몇 번을 다시 읽어 봅니다.

다시 느리고 긴 산책을 합니다.
길가의 우체통이 어두워집니다.
누군가를 부르던 손길들과
마음들이 저물고 있습니다.

〈러브 오브 시베리아〉, 〈살인의 추억〉 두 편의 영화를 아침까지 보았습니다.

방독면과 하수구와 터널을 생각합니다. 이것은 소통되지 않는 불화 때문에 변덕스럽게 행복이 바뀌고, 전망 없는 곳에서 삶은 끊임없이 배회하고 있는지도 모른다는 것. 마음이 만드는 법과 또 마음이 허물어 버리는 법을 생각해 보기도 합니다. 진실의 중심은 그렇게 잃아눕고 그들이 누웠던 자리는 새로운 빛이 움틉니다.

처음으로 휴대전화 문자 메시지를 사용할 때를 생각해 봅니다. 이중자음을 어떻게 입력하는지 몰라서, 그리고 누르는 속도가 너무 느려서, 짧고, 맞춤법에 맞지 않는 문장으로 누구에겐가 문자를 보내던 그때를...

어쩌면 나는 비문과 헝클어진 문장과 어법을 더 사랑하는지도 모릅니다.

엽서 7

편지에 물들다

무연히 창밖을 내다보고 있는데 마침 우체부가 오토바이를 타고 오다 현관 쪽에서 섭니다.

그 많은 사연 뭉치를 들고 사무실로 들어서고 있습니다.

뚱뚱한(?) 여직원이 나와 등기 우편에 주인 대신 사인을 하고 그런 다음 한 아름 우편물을 안고 실내로 들어갑니다.

나에게도 우편물이 왔을까 궁금합니다. 거의 매번 그렇듯 나에게 배달되는 것은 각종 카드 대금이나 지로 용지, 책 몇 권, 정기 간행물, 그리고 가끔 얼굴도 모르는 사람에게서 시집이나 산문집이 오기도 합니다.

아! 지난여름에는 모르는 사람에게서 봉숭아 한 상자가 왔지요. 나 혼자 물들이면 평생 손톱을 물들일 수 있는 양의 봉숭아 꽃잎들, 아니 내 이웃을 다 물들이고도 남을 꽃잎 한 상자.

하여튼 그 많은 사연들 때문에 누구는 기뻐하고 누구는 슬퍼하고 누구는 설레기도 하겠죠.

어떤 때 나는 편지나 소포를 받으면 금방 뜯지 않습니다. 그 안에 들었을 내용을 상상해 보다가 뜯지요. 그러나 대부분 그 내용은 내 상상의 반대편에 있을 경우가 많지요.

뜸들이다 마는 것들 가령 뜸 들이는 밥, 뜸 들이는 노래, 뜸 들이는 말, 뜸들이다 못내 돌아서는 사람들 다들 아슴하니 쓰라린 것들입니다.

바람의 방향이 북서쪽으로 붑니다. 서쪽은 소멸의 자리라는데 그 서쪽이 못내 궁금한 오후입니다.

춤추는 별들에 몸을 맡기다

옛길...

옛길이라는 말을 하거나 들으면 왠지 귀가 쫑긋 섭니다.

인간의 습성이 새길이 나면 옛길은 쉽게 잊거나 버리는데 오랜만에 옛길을 걷거나 달리면 길의 천성을 읽게 됩니다.

참았던 배설을 하듯 길을 뚫고 올라온 꽃들이며 풀들, 더 오래된 길에는 온갖 나무들까지 저들이 참았던 천성을 지상으로 내밀 때, 참으로 눈물겹기도 하지요

외지를 떠돌다 귀가하는 날 미시령 옛길 정상에 서서 내가 사는 속초 시내를 내려다보면 도시보다 먼저 눈에 들어오는 동해를 밝힌 오징어 낚싯배들 불의 축제에 자신의 목숨을 거는 것들 또한 눈물겹습니다.

니체는 "춤추는 별을 낳으려면 인간은 자신 속에 혼돈을 간직

하고 있어야 한다"고 말했지요. 불의 축제에 목숨을 잡히면서까지 자신의 몸을 혼돈으로 몰고 가는 오징어를 경배하는 여름 밤.

미시령 옛길에 서서 내 몸은 아껴 먹으려고 상 밑에 붙여 놓았던 껌처럼 애절해집니다. 그리고 내 속의 옛길과 혼돈이 빠져나갈까봐 힘차게 동해, 씹다만 껌처럼 붙어 있는 오래된 집 쪽으로 엑셀을 밟습니다.

엽서 9

그리움의 깊이와 높이에 대한 생각

내 살아온 날들의 사정을 모두 알아버린 누군가와 찻집에 마주 앉아 누구도 먼저 말을 꺼내지 못하고 돌아서 돌아서 가다 정작 하고 싶은 말은 못하고 말 때. 그 이유가 나에게 있다는 생각이 지배적일 때, 그때는 참 많이 자책도 하게 되지요. 그러나 어쩌랴! 인간의 감정은 누구의 비위를 맞추기 위해 조절 가능한 것도 아니니. 대화의 꺼리는 없고 시간은 더디게 가고 이럴 땐 각자 다른 생각을 하면서 아닌 척 시간을 보내는 게 최고일 수 있습니다. 적당히 서로를 들키지 않게 말입니다.

그리움의 깊이! 그리움의 깊이!를 생각해 보는 날.

나는 어느 때부터인가 그리움을 기다림으로 읽기도 합니다. 어쩌면 기다림은 가시나무 한 그루를 안고 사는 일일지도 모른다는 생각을 합니다. 그러나 한여름 전봇대를 끝까지 감아 올라

가는 능소화를 보면 맨살에 몸 부비며 사는 저들의 사랑을 알 것도 같습니다.

마치 여름 장마처럼 늦봄 비가 내리는데 저 비에 생각을 헹구어내면 가시 돋친 이 마음도 조금 순해지지 않을까, 아니 순해졌으면 좋겠다는 바람을 가져봅니다.

환한 가난

빙어들이 환하게 강을 건너는 추운 날에는 세상의 모든 것들이 내 몸에 들어와 살림을 차렸으면 하는 바람을 갖게 됩니다. 색 바랜 함지박에 무며 배추며 마른 콩 몇 되를 이고 정거장을 내리는 추운 여자도 한쪽으로 몸이 휘는 강가의 풀들도 모두들 내 몸 어딘가에 살림을 차렸으면 좋겠습니다.

그렇게 모두 모여 저녁을 끓이고 나지막이 잔소리를 하면서 살았으면 좋겠습니다.

빙어의 몸이 투명한 것은 저들의 몸에 저마다 등불 하나를 평생 동안 밝히며 살기 때문일 것입니다. 그리고 자신의 몸이 등이 되어 다른 이들이 가는 길을 오랫동안 비추기도 할 것입니다. 멀리 멀리 가는 눈물의 길도 잊지 않고 비춰줄 것 같습니다.

파울로 코엘류의 소설 『피에트라강 가에서 나는 울었네』가 생각납니다. 강 위에 떨군 눈물이 나를 강둑에 세워두고 나로부터 멀어질 때, "살기 위해 노력해야 해, 추억은 나이든 자들의 몫이야"라는 이명이 귓바퀴를 맴도는 듯합니다. 피에트라강에도 빙어들이 환하게 몸 밝히며 유영하는 소양강에도 누군가 그 강에서 흘린 눈물을 하구까지 비추며 동행하는 온 몸이 등불 같은 물고기들이 살고 있을 것입니다.

엽서 ||

텅 빈 소리

저 변증의 들판에 비 내리네
비는 하늘 깊은 곳에서 구름을 뚫고
지상의 안테나인 나무에 잠시 머물다
끝내, 식물성의 들판으로 솟구치네
지상의 이파리들을 불멸의 정신으로
게워내며 흐르는 일.
病은 빈집에 있고 藥은 도시에 있다는 듯
떠나간 들판을 경고하며
쓰러진 만큼 일으켜 세우겠다는,
비워진 만큼 채우겠다는 각오로
저 변증의 들판 내리는 비.
이대로 한 사나흘 더 내리면

죽은 것들 혹시 쥐 죽은 듯 살아오지는 않을지

떠나간 것들 돌아오지는 않을지

—졸시, 「빈집·1」

아주 오래전에 쓴 시인데 오늘은 빈집, 빈집이라고 중얼거리다 보니 새삼 전에 썼던 내 시가 생각이 나는군요.

영화 〈오아시스〉를 보다가 어찌할 수 없는 생의 그림자 같은 것도 생각해 봅니다. 며칠 전 장예모 감독의 〈책상 서랍속의 동화〉를 보았습니다. 다큐형태의 영화라는 생각이 들만큼 평면적이지만 잔잔한 슬픔과 현대 중국 사회가 안고 있는 교육과 자본의 모순을 읽을 수 있는 그런 영화였지요.

다큐 스타일의 영화는 베르톨루치 감독의 〈리틀 부다〉가 괜찮은 작품이었다는 생각이 듭니다. 베루톨루치의 눈으로 본 불교적 사유가 돋보이는 작품이라는 생각이 듭니다. 리틀 부다에 나오는 대사 중 "악기의 줄을 너무 팽팽하게 하면 끊어지고, 너무 느슨하게 하면 연주 할 수 없다"는 말, 이는 우리들 삶이나 사랑의 방식 같아서 경구처럼 되 뇌이게 됩니다.

요즘은 가끔 빈집에서 새어나오는 말들에 귀 기울일 때가 잦습니다. 빈 것들이 울리는 공명은 꽉 찬 것들이 내는 소음보다 큰 울림을 주기 때문이기도 합니다. 너무 팽팽하지도 않고 너무 느슨하지도 않으며, 너무 꽉 차지도 않고 너무 텅텅 비어있지도 않은 그런 궁극 같은 것을 몸속에 도장 찍어두고 싶습니다.

엽서 12

절벽에 짓는 집

크고 헐렁한 바지를 입은 늙은 여자들이 버스를 기다리며 비를 맞고 있습니다. 우산 하나로는 몸을 가릴 수 없어 하반신이 온전히 비에 젖는 모습을 한참 동안 바라봅니다. 저들이 가는 곳 혹은 가고자하는 길의 끝도 분명히 집일 터인데, 인간은 누구에게나 집으로 돌아가기까지의 가혹한 과정이 있겠구나 생각해 봅니다.

김성수 감독 영화 〈무사〉의 대사 중에는 "길을 떠나 본 자만이 집으로 돌아오는 길을 안다."라는 말이 있었던 것 같습니다.

어찌 보면 떠남은 돌아오기, 돌아가기의 한 몸부림이란 생각이 들기도 하지요.

친구와 포구의 한 작은 카페에서 차를 마시는 밤 열 시. 창밖으로 보이는 바다가 지상의 길 끝, 절벽이라 생각하며 친구의 이야기를 건성으로 듣고 대답하고 낄낄거리고, 마침내 그 길 끝, 절벽에 집한 채를 짓고 싶었습니다. 지상의 길 끝, 절벽에 내가 궁극으로 돌아가야 할 집짓기. 그리고 막판에는 성질 사나운 자식처럼 그 집을 허물고 절벽의 반대편으로 죽을 힘 다해 달리기. 바다 위에서 파도가 그렇듯 지상에서 나는 길의 처음과 끝을 지겹도록 왕복으로 달리고 있는지도 모릅니다.

초발심을 잃다

겨울 장마인가. 그치지 않고 비가 내려 저렇게 이 땅을 두드려 대니 아직 태어나지 않은 아이들은 언제 쉬겠나. 숙면을 취해야 에너지가 충전될 텐데 큰일이군.

가끔 절에 경전 공부하러 가는 날이 있습니다. 매월 둘째 주와 넷째 주 목요일은 경전 공부하러 절에 가는 날인데, 자주 빼먹고 듬성듬성 출석합니다. 요즘은 『자경문』을 읽고 있습니다. 원래 제목은 『초발심자경문』이지요. 수행자가 경계해야할 것들을 정리해 놓은 것입니다. 세상의 모든 일이 처음 마음먹은 '초발심'만 잃지 않는다면 못 이룰 일이 어디 있겠습니까? 그러나 어두침침한 절간에 앉아 경전을 읽노라면 해석이 안 되는 글자들은 나를 괴롭히지요. 아니 글자에 내가 조롱당하고 있다는 생각까지 하게 된답니다. 그래서 경전 공부 끝나면 지인들의 유혹(?)과 한문에 조롱당한 마음을 위로할 겸 근처 선술집에 술 마시러 갑니다. 안주가 되지 않는 생선구이나 튀김닭을 시켜 놓고 술 마시다 급기야는 '초발심'을 잃고 말지요. 그리고 묵묵히 앉아 강술만 먹고 귀가 하다 누군가에게 전화를 합니다. 나의 술버릇 중 하나는 술 마시면 아는 사람을 내가 지칠 때까지 호명하는 것입니다. 새벽에 전화를 해 대는 나와 그 전화를 받는 인간들, 전화를 거는 나와 전화를 받는 그들은 모두 외로움이 사무친 인간들일 겁니다. 생각건대 술과 전화는 무슨 깊은 애증의 관계를 가지고 있나 봅니다.

그동안에도 그치지 않고 비는 내려 우산도 없이 비틀거리며 걸었지요. 그러나 "비가 와도 젖은 자는 다시 젖지 않는다"는 어느 시인(오규원)의 말을 상기하며 걸으니 참으로 걱정 없이 걸을 수 있었습니다. 집에 당도하니 온몸이 젖어 있어 세상의 비를 내 방까지 데불고 온 꼴이 됐습니다. 비가 되어 비를 맞으니 몸도 마음도 걱정도 한가하게 젖습니다.

오래된 결혼식 풍경

불가의 경전(보왕삼매경)에 "너의 육신에 병 없기를 바라지 마라", "병고로써 양약을 삼으라"와 같은 구절이 있습니다. 오래전에 보아서 정확하게 기억할 수 없지만 인간은 병이 있어야 그 병을 통해 다른 사람의 아픔을 들여다 볼 수 있다는 말이기도 하고 다른 사람의 병을 지극 정성으로 보살펴야 정토에 들 수 있다는 얘기일 테지요. 아울러 중생의 병은 업에서 나오는 것이니 업을 잘 들여다보며 다스리란 말일지도 모르겠습니다.

오늘은 먼 친척 아들이 결혼하는 날인데 인편에 부조만하고 빛이 차단된 방에 앉아 있습니다.

결혼식은 삶에 각오 하나를 음각하는 것이라 생각합니다. 축하해 줄 일이지요. 혼자 앉아 그동안 내가 경험한 결혼식 풍경을 떠올려 봅니다. 그 중 압권은 아주 오래전 큰누나가 시집갈 때

동네 청년들이 매형될 사람을 매달면서 늘어놓던 긴 사설이 있
는 풍경입니다. 놋그릇(방짜유기)에 신랑 발목에 맬 매듭지은 밧
줄을 서리서리 사려 뚜껑을 닫은 후 마치 결혼하여 먹을 일생의
밥인 양 그 밧줄을 정성스레 상에 받쳐 오는 모습이나, "신부가
그 동네에서 가장 미인인데 도둑놈 같이 발 큰 놈이 데려 갔다"
거나 하며 풀어 놓는 입담은 배꼽이 빠질 정도로 웃기고 재미있
었습니다. 그때는 꽤 품격 있는 사설을 늘어놓은 다음 맛 뵈기로
동네에서 장가갈 날이 가까운 남자들부터 차례로 달고 마지막으
로 신랑을 달았는데 요즘은 그저 신랑 골탕 먹이는 재미로 달고,
팬티만 입힌 채 달리기를 시키는 모습이 대부분이니 그 풍경이
그리 아름답게 보이지는 않습니다. 오래된 결혼식 풍경이 새삼
그리워지는 날입니다.

　결혼도 이별도 죽음도 삶도 다 병(病)인지라 평생을 곁에 두고
살아야할 일인 듯싶습니다.

석양 쪽을 편애하는 생들

가끔은 나의 내면을 닮은 길을 걷고 싶을 때가 있습니다. 그 길은 최대한 주위의 사물이나 사람들에게 나를 들키지 않으며 가고 싶은 것이지요. 안개 내린 날에는 앙겔로 플로스 감독의 〈안개 속의 풍경〉이 떠오릅니다. 부재의 대상을 찾아가는 지난한 길 위의 과정. 길 위에서 완성되는 로드무비 같은 생들.

오랜만에 미시령을 넘어가는 저녁 해를 볼 수 있을 것 같이 날씨가 좋습니다. 넘어가는 해는 떠오르는 해보다 훨씬 따스하다는 생각을 합니다. 지는 해에 열매가 익고 고요의 잉태는 이때 시작되는 것이라 믿기 때문입니다.

음각된 낙서

서역에 산안개가 저녁이 되도록 걷히지 않아 넘어가는 해를 볼 수 없는 날입니다.

여름의 끝자락에서 가시를 곧추 세웠던 해당화는 자신을 보호할 만큼의 가시만 남기고 스스로 제거한 듯 몇은 말라 있고 몇은 아예 사라져 버린 듯합니다. 저들의 씨앗도 반은 바다에 반은 육지에 묻혔으리라 생각합니다. 바다로 뛰어든 것들은 죽음을 각오했을 테고, 육지로 떨어진 것들은 재활의 꿈을 갖겠죠.

하조대에 있는 등대에 가서 거기 새겨진 낙서를 오랫동안 바라보았습니다. 주로 사랑의 맹세를 깊고 굵게 새겨 놓았더군요. 낙서들이 이렇게 양지로 나와 있는 모습을 보면 저것들도 빛바랠 날이 있겠구나 생각합니다. 예전에는 화장실이나 폐허의 공간에 새겼었던 것들이었는데...

오늘따라 바다에 고깃배들이 많이 지나갑니다. 배들은 자신이 간 길을 이내 지워버리고 언제나 처음인 듯 새로운 길로 자신을 몰아가지요. 그 사라지는 길을 바라보다 멀미가 치밀어 오릅니다. 그저 아득합니다.

석양의 따스함을 보지 못하는 아쉬움이 여전히 남습니다. 차를 몰아 돌아오는 7번국도. 38선을 넘어 북으로 북으로 가는데 양양쯤에서 어두워집니다. 순간 고개를 돌려 바다 쪽을 봅니다. 집어등 불빛이 수평선을 따라 점점이 빛납니다. 산촌의 불빛처럼 적요한 저 빛들이 걸어오는 말들을 들으며 석양을 보지 못한 아쉬움이 위로 받습니다.

문득, 언젠가 이십 대 때 짝사랑 하던 여자의 자취방 담벼락 귀퉁이에 써 놓았던 작은 글씨의 낙서들이 궁금해집니다.

생각을 마중 나가는 산책

해는 큰 산부터 차례로 넘어 작은 산 쪽으로 갑니다. 작은 것들을 마지막까지 비추며 가는 것이지요. 저 작은 것들을 마지막까지 만지며 넘어가는 해를 보며 엄마를 생각합니다. 사라지는 것들은 어쩌면 저렇게 순식간인지요. 내 눈이 따라가던 자리엔 검은 복면의 산만 남습니다.

생이 한 쪽으로만 계속해서 돈다면 구르는 곳만 심하게 마모되겠지요. 그 심하게 마모된 자리가 상처일거라는 생각을 합니다.

갑자기 내가 최초로 배운 언어가 무엇인지 궁금해졌습니다. 그 최초의 언어가 신성한 것이었으면 좋았겠다는 생각을 해봅니다. 저녁 산책길에 이런저런 생각을 하며 걷는데 후배가 전화를 해서 김수영은 어떤 시인이냐고 다짜고짜 묻습니다. 나는 '내가 읽은 김수영과 네가 읽은 김수영은 다를 거'라 말하고 끊습니다.

그것이 내 무지를 감추고 후배가 김수영을 자기 식으로 읽을 수 있는 기회를 주는 것이라 생각하기 때문입니다. 글이란 읽는 자의 고유하고 절대적인 몫이니까요.

김수영의 거대한 뿌리는 어려운 작품이라는 생각을 합니다. 여러해 전(대학 때)에 읽었던 김수영에 대한 기억은 그렇습니다. 특히 「공자의 생활난」, 「달나라의 장난」과 같은 시는 난해합니다. 그러나 후기 쪽으로 옮겨 가면서 그는 시대의 모순을 똑바로 보고자한 살아 있는 지성의 한 부류였다고 생각합니다. 그의 마지막 작품 「풀」은 불후의 명작으로 남아 있지요

오래된 책을 꺼내 듯 기억을 가끔 꺼낸다는 건 유쾌한 일입니다. 책 한 귀퉁이에 적어 둔 잠언이나 감상의 구절 한 줄 쯤 있다면 더더욱 좋고요.

저녁 산책하기 좋은 날은 책읽기도 좋은날인 듯싶습니다.

엽서 18

기다리는 기별

오후, 해바라기하기 좋은.

거의 시들어 생의 절벽에 선 꽃들.

그 꽃들에 벌 몇 마리 깃들어 있습니다.

그 벌들을 보며 저것들도 때를 놓쳐 집으로 돌아갈 시기를 놓

쳤구나

생각하지요.

그럼 나는.

나는 어떤가를 들여다봅니다.

다 시들어 버린 꽃 앞에서 내 생이

길을 잃다니요.

내가 늘 누군가의 기별을 기다리듯

내가 아는 그 누군가도 나의 기별을 기다릴지 모를 거라 생각
해 봅니다.

내가 돌아갈 집이 시든 꽃처럼 느껴집니다.

욕망이 떠나간 자리

늦가을 들판에 나가 보았습니다.

곡식이 있을 때는 논이나 밭이라고 부르다 그것들 다 거둬간 뒤에는 들판이라는 단어가 더 잘 어울리는 것 같군요. 군데군데 묶여 있는 볏단과 콩깍지 무덤들. 나보다 먼저 바람이나 구름들이 왔다간 흔적이 있습니다.

가을까지만 해도 잘 익은 벼를 보며 부잣집에 장가가고 싶다는 생각을 했지요. 그런데 빈들이 훨씬 더 풍요롭게 보이네요. 야성의 충만함, 인간의 노동이 돌아간 자리. 아무런 갈등 없이 다시 자연의 일부로 남는 들판에서 베풂과 거둬들임의 지혜를 봅니다.

저 빈들에 나락처럼 남아 있는 인간의 신념과 희망과 욕망들. 그것들이 저렇게 가볍게 보이다니 너무 가벼워 날아갈 것 같습

니다. 그 가벼울 대로 가벼워진 욕망을 겨울을 날 새들과 땅벌레
들이 먹고 자라기도 합니다. 그렇게 보면 인간의 노동이 있었던
자리의 욕망은 아름답기도 하지요.

날이 흐려집니다. 늦은 가을 저녁 비가 오시려나봅니다.

빈들이 저녁 밥상에 왔다
밥그릇에 고봉으로 밥을 퍼 담으며
부잣집에 장가들고픈 마음도
여기까지 와 앉아있다
한 숟가락씩 밥을 허물며
마치 큰 산 하나 허물 듯
내 마음 허물어
저 빈들에 공양하고 싶은 저녁,
웃통을 벗고 하얗게 속살을 드러낸
별이 뜨는 저녁은
한 사내가 크고 깊게
들판을 갈아엎으며 운다.
峰頭로 峰頭로 운다.

—졸시, 「햅쌀」 전문

엽서 20

그리운 것들의 목록

변덕스러운 것들에서 미래를 찾는다? 참 모순되기도 하고 엉뚱하기도 하지요? 변덕이 사람을 긴장하게 하고 일관성 없음이 때로는 예측 불허의 결과를 만들어 내기도 합니다. 요즈음 초겨울 날씨가 이렇게 하루를 긴장시키고 인간을 조롱하고, 어리둥절해하는 인간을 내려다보며 하늘은 빙긋 웃는 것 같기도 합니다.

젊은 시절 싸늘한 냉방에서 속으로 삼키던 눈물과 세상에 대한 복수의 다짐은 겨울이기를 거부한 날씨와 등 따스운 풍족한 생활로 인해 소리도 없이 실종된 듯싶습니다. 실종된 눈물과 쓰라린 각오들. 겨울답지 못한 날씨. 누구는 이 따스한 겨울을 반기기도 하겠지만 삶을 병처럼 앓는 부류의 인간에게는 그렇지 못한 듯합니다.

눈물을 녹여 만든 빵, 시, 소설, 영화, 그리고 노래, 갑자기 이들은 그리운 것들의 목록입니다.

엽서 21

눈부신 죽음

눈부시게 춥고도 추운데 눈까지 내리는 날, 이런 날은 방파제에 나가 바람이나 실컷 맞고 싶습니다.

눈(雪)은 포근함과 흉포함을 동시에 가지고 있습니다. 나에게 있어 눈은 폭력적이지요. 꽤 오래전 어느 순간부터 나는 눈을 보며 지금까지 눈에서 보고 느낀 순결의 이미지를 다시 쓰기로 했습니다. 대설주의보의 막막함을 생각하기도 합니다. 세상과 소통할 수 없는 유폐된 몸, 고립, 자신의 관절을 꺾으며 살아남는 설해목 그 빛나는 상처, 뭐 이런 것들도 생각나지요.

첫눈 소식과 함께 학교 현관에 있는 수족관 청소고기가 얼어 죽었습니다. 아무도 관심을 갖지 않은 쓸쓸한 죽음입니다. 평생 청소만 하다 죽은 고기를 애도합니다. 학교 기사님께서 아무 표정 없이 뜰채로 고기의 주검을 건저 냅니다. 저들의 영혼이 어디로 갈까 궁금해집니다. 지난한 노동에서 해방 된, 그 운명의 얽매임에서 비로소 자유스러워진 저들은 필시 서방정토 그 도솔천쯤은 갔을 것 같습니다.

여기 말고 이 땅 어디인가에도 지금 첫눈이 내릴 테고 그 첫눈을 같이 보고 있을 어떤 사람이 그리워집니다. 창문을 열면 서쪽의 풍경이 늘 궁금해집니다.

최승호의 「대설주의보」라는 시가 생각나는 추운 날입니다.

해일처럼 굽이치던 백색의 산들,
제설차 한 대 올 리 없는
깊은 백색의 골짜기를 메우며
굵은 눈발은 휘몰아치고,
쪼그마한 숯덩이만한 게 짧은 날개를 파닥이며…….
굴뚝새가 눈보라 속으로 날아간다.

길 잃은 등산객들 있을 듯
외딴 두메마을 길 끊어 놓을 듯
은하수가 펑펑 쏟아져 날아오듯 덤벼드는 눈,
다투어 몰려오는 힘찬 눈보라의 군단,
눈보라가 내리는 백색의 계엄령.

쪼그마한 숯덩이만한 게 짧은 날개를 파닥이며…

날아온다 꺼칠한 굴뚝새가

서둘러 뒷간에 몸을 감춘다.

그 어디에 부리부리한 솔개라도 도사리고 있다는 것일까.

길 잃고 굶주리는 산짐승들 있을 듯

눈더미의 무게로 소나무 가지들이 부러질 듯

다투어 몰려오는 힘찬 눈보라의 군단,

때죽나무와 때 끓이는 외딴 집 굴뚝에

해일처럼 굽이치는 백색의 산과 골짜기에

눈보라가 내리는 백색의 계엄령.

— 최승호, 「대설주의보」 전문

공동묘지까지 달을 끌고 가다

공동묘지에 갔습니다. 누군가 공동묘지는 연애하기 가장 좋은 곳이라 했던가요. 연애는 죽음과 맞닿아 있는지도 모르죠. 죽도록 사랑해라. "사랑하다 죽어 버려라" 이런 전언들을 인간들은 무덤 앞에서 확인하는지도 모를 일입니다.

길은 묘지 앞에서 끝이 납니다. 묘지 속까지 따라 가지 못하는 길들. 버리고 싶은 날들이 묘지 앞에 무릎 꿇고 앉아 있습니다. 꽃들은 뿌리가 잘린 채 무덤에 비스듬히 기대어 있고요. 술취한 영혼들이 키득거리며 무덤 주위를 어슬렁거립니다. 공동묘지에서는 어렴풋한 한 죽음이 또 다른 죽음을 불러 손잡는 것 같습니다. 서로 모르는 죽음이 나란히 누워 어떤 주검은 자신의 옆에 있는 주검과 사랑을 하거나 질투를 하거나 할지도 모르겠다는 생각도 해봅니다.

나무뿌리 같이 뼈만 앙상한 손을 뻗쳐 타인의 손을 잡는 일. 온 몸을 다 털고 나누는 그 뼈와 뼈 사이의 말들. 저들에게도 온기가 있을 거라고 생각해 보기도 하지요.

어떤 날은 달빛이 들려주는 노래를 들으며 창 가까운 쪽에 머리를 둔 채 엄마 묘의 봉분 같은 달을 베고 잠들고 싶은 날이 있습니다.

만해 선사님께 일 배(拜)

보낸 사람의 속마음까지 훤히 들여다보이는 엽서를 받는 기분 좋은 날이 있습니다. 우표가 미리 인쇄된 엽서의 앞면을 보며 예전에 침을 묻혀 우표를 붙이던 시절 생각이 납니다. 침의 끈기와 그 온기까지 배달되던 시절 말이지요.

사람들이 현재 쓰고 있는 이메일이나 휴대 전화의 문자서비스 때문에 지금은 우표가 무용지물이 되었지만 누구에겐가 내 마음까지 꾹꾹 눌러 편지를 쓰던 때를 생각하면 아직도 가슴 뛰는 설렘이 있습니다.

가버린 서정의 시대, 그러나 인간이 그리움이나 기다림이라는 단어를 간직하는 한 서정의 시대는 여전히 존재할 것이고 서정은 인간의 미래일지도 모를 일입니다. 그리고 그것은 끊임없이 새롭게 반복되겠지요. 늘상 똑같은 것이 반복되는 것 같지만 그

것에는 이 전과는 다른 어떤 차이가 있다는 것이겠지요. 아마도 서정이 사라진 시대는 많이 건조하겠지요.

먼 곳에 있는 시 쓰는 선배한테서 받은 엽서 내용은 이렇습니다.

"십일월이 가고 십이월
돌이킬 수 없어
떨어지는 나뭇잎처럼.
나무는 지켜본다
하늘 깊이 파묻힌
높은 바다를".

아주 짧은 잠언 같은 내용이지요. 그러나 나무들이 응시하는 그 깊은 심연의 바다, 하늘. 모든 것을 비우고 비로소 보게 되는 어떤 세계. 혹은 돌이킬 수 없을 때 갖게 되는 원초적 동경, 이런 것들이 느껴집니다. 그리고 한용운 선사가 그의 '십현담'주해에서 게송으로 남긴

"萬法 가운데서 활로를 찾지만 접촉하는 곳이 다시 막힌다. 이에 이르러서야 '승지절경'이라 할만하다"라고 한 말도 생각납니다.

모든 것이 끊어진 절해고도의 상태나 백척간두의 상황이 '승지절경(최고 아름다운 경지 혹은 경치)'이라니. 선사님께 다시 한 번 일 배(拜)하고 싶습니다.

아껴서 부르는 노래

침묵을 생각합니다.
'님'이 무엇인가? 혹자는 '침묵'이라고도 말합니다.
어떤 할 얘기가 너무 많아 한 마디 못할 때
우리는 침묵하기도 하지요
침묵은 그러니까 말들의 창고인 셈이지요.

오늘은 이런 생각들로 하루를 보냅니다.

아껴서 먹는 아이스크림
아껴서 먹는 사탕
아껴서 먹는 호빵
아껴서 먹는 비스켓

오! 아껴서 하는 사랑

그리하여 마침내 아껴서 부르는 노래

천천히 아주 천천히 아껴서 그대에게 이르는 길.

엽서 25

침묵하는 달

절에 경전 공부하러갔다가 종강 (절에서는 회향이라함)모임을
빙자한 술 마시기에 온 몸이 만신창이가 되었습니다. 이렇게 괴
로운데 오늘 또 송년을 빙자한 술자리를 갖는다고 일방적인 통
보가 몇 건 전달되는군요. 벅찬 12월 내 몸은 아직도 10월 정도
에 머물러 있으나 지구는 냉혹하게도 12월이라 하니 참으로 허
망해집니다. 이럴 때 '곧은 소리'를 내며 떨어지는 폭포처럼 굳세
게 나를 주체해야 하는 건데 그러지 못하니, 이 어리석음을 어찌
하지 못합니다. 갑자기 김수영의 '풀'이 읽고 싶어집니다.

풀이 눕는다.
비를 몰아오는 동풍에 나부껴
풀은 눕고

드디어 울었다.

날이 흐려서 더 울다가

다시 누웠다.

풀이 눕는다.

바람보다도 더 빨리 눕는다.

바람보다도 더 빨리 울고

바람보다도 먼저 일어난다.

날이 흐르고 풀이 눕는다.

발목까지

발밑까지 눕는다.

바람보다 늦게 누워도

바람보다 먼저 일어나고

바람보다 늦게 울어도

바람보다 먼저 웃는다.

날이 흐리고 풀뿌리가 눕는다.

— 김수영, 「풀」 전문

차라리 술보다는 바람에 난타 당하고 싶은 12월입니다. 그리고 또 12월은 한 서러움에 단련되고 싶은 달이기도 합니다.

인디언들처럼 우리에게도 월(月)이나 계절을 지칭하는 말이 풍요롭고 다양했으면 좋겠습니다. 가령 12월을 "침묵하는 달"로 부르는 것처럼 말입니다.

엽서 26

언 강의 따스함

파도는 높고, 산은 춥고, 길은 얼고,

따스하게 보이는 窓 작은 집들.

그렇게 낮고 적막한 집에 등 붙이고 한 며칠 살았으면 좋겠다

는 생각을 합니다.

12월은 몸을 내놓고 사는, 살아야 하는 계절.

제발 내 몸이 진정 내 몸이기를 간절히 바라지요.

가끔 꿈에서 참담하게 무너지는 몸들이 보이고요

깨어나면 한숨과 탄식이 난무합니다.

그러나 한 편 12월은 강이 얼어붙는 계절이지요.

이편의 사람들을 저편까지 건네주려고 밤새 강물이 얼고,

그 얼음에 새겨진 하늘과 구름과 나무를 딛고 사람들은

그리운 피안을 가듯 저편으로 갑니다.

이무기 생각

남대천 어느 상류에 가서 물 쪽으로 귀 기울이면 연어떼들이 이마를 바위에 부딪는 소리 자욱하게 들린답니다. 아직도 양양 남대천 물길의 최초를 거슬러 가다보면 어떤 곳엔 이무기가 밤마다 내려와 마을의 처녀만 잡아간다는 등골 오싹한 전설이 나도는 곳도 있습니다.

"신화와 전설이 사라진 시대는 슬프다"고 니체는 말했습니다.

가을엔 신화 혹은 전설 하나 쯤 생각하며 걷기 좋은 기막힌 날들이 잦습니다.

미뤄 두는 저녁

장마철이 되면

어김없이 바닥에서 물이 치솟는 부엌에 앉아

저녁 내내 군불을 때거나

하릴없이 청솔가지를 툭툭 꺾어

손톱 밑 때를 파거나 이런 날.

아귀가 맞지 않는 문틈사이로 온 몸을 밀어내며

햇살과 그 햇살을 향해 달려드는 먼지를 구경하다

나도 문득, 옹이가 많은 불소시개처럼

오래오래 타고 싶었다.

　　　　　　　　　　　　　—졸시, 「군불 때는 저녁」 전문

서서히 저녁이 높은 산에서 내려오시는 시간. 이 시간에는 저무는 것들을 미뤄두고 저녁 맞을 채비를 합니다. 저녁이 가져다 줄 안식도 함께 누릴 채비를 합니다. 저무는 것들은 타향 쪽에서 오는 것인지도 모를 일입니다. 그래서 늘 애잔하고 아쉽고 안타깝기도 하지요.

마음과 몸이 들끓는 날은 호수가 있는 어떤 한적한 곳을 걷고 싶습니다. 나에게 철원 산정호수는 너무 멀고 화진포는 너무 가깝고 경포는 식상하고 남쪽 지방은 더더욱 멀-고, 그저 살짝 살짝만 어깨를 들썩이며 긴 호흡으로 물과 물이 만나 흐르는 듯 흐르지 않는 그 가장자리를 오랫동안 걷고 또 걷다 오고 싶은 날이 찾아집니다.

北川을 걷다

미시령에 눈이 내려 온 산이 하얗게 변했습니다. 산이 갑자기 늙었다는 생각이 듭니다. 그만큼 깊어지기도 했겠지요. 저 산에 깃든 짐승들이 남긴 발자국을 따라 가려면 짐승의 마음이 되어야 온전히 갈 수 있을 테지요. 마음이 간 길은 오직 마음만이 따라갈 수 있을 테니 말입니다.

겨울 北川에서 나는 보네
저녁이면 모들 골짜기에서 잠복하던 바람이 나와
길게 강물을 훑으며 가는 것을.
모든 소망들에 길을 터주려고 강은
두껍게 두껍게
밤새워 자신을 얼리는 것을.

한 때 저 수면 위로 소금쟁이가 건너고

몇 뼘 안되는 햇살과 그늘이 건너고

흔들리는 나무들도 건넜을 것이고.

포식자들을 피해 물고기들은 밤새

뜬눈으로 저 강을 건넜다 다시 오기를 몇차례 했을테지.

겨울 北川이여

미끄러지는 몸을 기우뚱이며

오늘은 내가 그대를 건너네.

— 졸시, 「北川에서」 전문

엽서 30

쯧쯧 무심한 인간

원초적 생명을 대지에 불어 넣으려 하늘은 자신을 낮추고 최대한 지상에 가까이 내려앉는 날입니다. 많이 흐린 날입니다. 나는 이렇게 흐린 날엔 이따금 신발을 들어 오랫동안 들여다보는 버릇이 있습니다. 한쪽으로 만 닳은 뒤축, 군데군데 상처 난 자국. 이것들은 내 생의 이력을 고스란히 담고 있지요.

신발은 길의 기억을 가지고 있습니다. 어떤 때는 신발 바닥이 나에게 가혹한 가르침을 주기도 하지요. 어떻게 살았느냐고 묻고, 왜 그렇게 살았느냐고 따지고 그래서 부끄러워 얼굴이 화끈거릴 때도 있습니다.

그토록 많은 신발을 부려먹고도 철들지 않는 것을 보면 나라는 인간은 참 무심하다는 생각을 합니다.

결속이라는 말을 따라가다

바람이 더 차고 더 **빠른** 속도로 불어옵니다. 추운 것들은 어떤 결속력을 갖게 하는지도 모를 일입니다. 날이 춥거나 온 몸에 몸살이 돋아 오한이 오면 누구에겐가 기대고 싶고 가장 가까운 사람과 체온을 나누고 싶어지니 말입니다. 국어사전에 보면 결속이라는 단어는 다음과 같이 설명되어 있습니다.

결속(結束)[―쏙][명사]

[하다형 자동사·하다형 타동사][되다형 자동사]

1. 출전(出戰)하거나 여행하기 위하여 몸을 단속하는 일, 또는 그 몸단속.

2. 뜻이 같은 사람끼리 하나로 뭉침.

아주 추운 날 강가에 어는 얼음처럼, 오래 전 내린 첫눈이 저희들끼리 몸을 단단하게 뭉쳐 그늘진 곳에서 오래 견뎌내는 것처럼, 지붕에 내린 새벽 서리가 아침햇살에 녹아 하나가 되어 낙수로 똑, 똑 떨어지는 것처럼, 하나로 뭉쳐서 뜻을 같이 하는 것은 얼마나 높은 정신인가를 생각해 봅니다.

바람 든 집

어느 타향의 대합실에서 바라본 푸른 하늘은 너무 높고 아득하여 눈물이 쏟아질 듯합니다.

대합실에서 조금씩 빵을 뜯어 천천히 먹는 여자와, 뭉턱뭉턱 몇 입에 베어 빨리 먹어치우는 사내는 필시 어떤 이별의 상황에 닥친 연인들로 보입니다. 쓸쓸한 귀가에 대한 일종의 화풀이를 빵에게 하는 것이라는 생각이 듭니다. 그들이 잇자국을 선명하게 남기며 먹는 저 빵을 나도 사서 먹으며 대합실 밖을 내다보는데 눈발을 동반한 바람이 붑니다.

저 바람은 그 출처가 다 다른 것들이라는 생각이 듭니다. 어떤 놈은 옥수수의 이빨 사이에서, 어떤 놈은 숲에서 어떤 놈은 강에서, 어떤 놈은 도시의 골목에서 또 어떤 놈은... 오늘 나는 이 출처 불명의 바람을 맞으며 그들의 태생에 따라 냄새나 모습이 다를 거라 믿어 봅니다. 이 각자의 영토에서 온 바람을 맞다가 단지 무청 속에서 나온 바람을 맞고 싶다는 생각을 합니다. 바람 든 무, 그 바람이 빠져나간 구멍 숭숭한 집 한 채. 바람이 살았던 빈 방. 그 바람의 빈집과 빈방을 생각해 보는 것입니다.

따뜻한 국물

청평사 오봉산 影池에 음각된 사물들. 그들은 그 연못을 한 번도 떠나 본적이 없는 것들입니다. 조상 대대로 그곳에 머물며 생성과 소멸을 거듭한 채 진화해 온 것들이죠. 물갈퀴를 부단히 움직이며 호수의 중심이나 가장자리로 자신을 밀고 가는 물오리도 저들의 호수를 거의 떠나 본적이 없는 것들일 겝니다.

결국 갈매기의 무덤이 바다이듯 우리들 삶이란 고작 자신의 무덤하나 만들려고 자신이 사는 곳을 열심히 일구는 것이 아닌가 생각해 보기도 합니다.

오뎅집에 가고픈 날입니다. 어묵이라고 해야 표준어인데, 오뎅이 훨씬 친밀감을 갖게 합니다. 익숙함의 힘이겠지요. 길거리에 서서 바람 맞으며 먹는 오뎅은 오뎅을 파는 길거리 노점상

주인과 추위를 껴안고 가는 나를 뜨끈하게 이어줍니다. 다들 고
단한 생을 공유하고 있어서 일 겝니다.

처연한 그리움들

그곳에 가면 온몸이 가려워 견딜 수 없는
풍경들이 키득거리며 버티고 있다.

하혈하듯 두량짜리 기차가 사람들을 부리며 서둘러 가고,
역을 빠져나와 천천히 아주 천천히 집으로 돌아가는 노인들의
어깨위로 진통제 같은 눈발이 날린다.

집으로 돌아간 사람들이 잠 못 이룰 시간쯤이면
기차는 다음 역에서 사람을 부리거나 아니면
남은 사람들을 싣고
더 추운 곳으로 가고 있겠지.

그래 이제는 알 것 같다

나보다 더 추운 곳의 사람들.

녹으며 자신들 완성하는 눈사람 같은 사람들.

이 땅의 모든 틈에 스미는 눈사람 같은 사람들.

　　　　　　　　　　　　　　　—졸시, 「속초역·1」 전문

　오래 전에 썼다가 발표도 못하고 잊혀진 시입니다. 종종 시답지 않은 시들은 버려지거나 잊혀지기 일쑤지요. 내가 부린 언어들에 미안하기도 합니다.

　내가 사는 속초에 예전에는 일제가 세운 역이 있었는데, 육이오 때 폭격 맞아 사라지고. 지금은 역사(驛舍)가 있던 터만 남아 있죠. 한 이십 년 전쯤에 동해 북부선(강릉에서 북한의 원산까지)을 추적 하다가 멈춘 적이 있습니다. 그 때는 유일하게 양양 역장을 지낸 노인 한 분이 계셨는데... 그런데 지금은 그 시절을 증언해 줄 아무도 살아남아 있지 않습니다. 그렇게 생은 한 때를 놓치고 또 한 때를 맞이하는 것이겠지요. 기차가 지나가듯 그렇게 말입니다.

　아그네스 발차(Agnes Baltsa)가 부른 기차는 8시에 떠나네(To treno fevgi stis okto)가 듣고 싶은 저녁입니다. 8시 기차를 타고 카타리나로 떠난 후, 돌아올 줄 모르는 그리스 청년 레지스탕스를 기다리는 여인의 처연한 그리움이 담겨 있는 그 노래를 말입니다.

구름 한 점이 온 하늘을 흐리게 한다

작은 아이 데리고 안과에 다녀온 날이 있었습니다. 바람이 심하게 불어 아이를 등 뒤에 감추며 도시의 간판 아래를 걸었지요. 알레르기성 결막염이라고 의사가 진단을 내리더군요. 그 의사는 나의 고등학교 2년 후배인데, 왜 그러냐고 이유를 묻자 자기도 모른다네요. 나에게만 정직한 의사일지도 모른다는 생각을 합니다. 진료비는 받지 않음으로 다음에 소주 한 잔 하기로 하고 원장과 잡담 20여분 하며 커피 한 잔 마시고 병원을 나왔습니다. 길거리에 다시 뎅그라니 서 있는 애비와 어린 딸. 다시 걷기 시작합니다. 잡았던 손을 자꾸만 놓칩니다. 그러는 사이 아이는 자꾸만 칭얼대고 붕어빵 집 앞에 이르러서야 그칩니다. 붕어빵 5개 천원, 오뎅 4개 천원 각자 다른 메뉴를 먹으며 길 건너편 풍경을 바라봅니다. 저 쪽 사람들에겐 내가 그들의 풍경일거라는 생각을 합니다.

알 수 없는 약품의 이름들이 적힌 처방전을 들고 약국에 들러 약을 삽니다. 먹는 약 하루치와 안약 2종류, 복용 및 사용법을 건성으로 듣고 있다가 재차 묻습니다. 약사는 약간 짜증난다는 표정을 짓습니다. 그러나 저 알약 몇 개가 세상을 환하게 보일 수 있도록 한다고 생각하니 금세 기분이 좋아집니다. 그리고 유리문을 열고 나오면서 이것을 역으로 생각하면 구름 한 점이 온 하늘을 흐리게 할 수 있다는 생각도 하게 됩니다(이것은 일종의 화엄의 사고이지요).

약국 문을 황급히 열고 父女는 다시 거리로 나옵니다. 그 사이에 딸아이는 붕어빵을 다 먹어 치웠습니다. 여전히 딸아이를 등 뒤에 바짝 숨기고 바람의 방향으로 걷습니다. 걸어야할 길이 거의 끝나갈 즈음, 우리는 마치 길고 먼 길을 돌아 환속하는 바람처럼 정거장에 서 있습니다.

지붕 없이 난 한 계절

인간은 왜 나무를 동경하는가.

그것은 인간의 내부에 나무 한 그루를 내장하고 있기 때문일 것입니다. X-RAY를 찍어보면 우리의 몸 전체가 거대한 한그루의 나무처럼 생겼다는 생각을 하게 됩니다. 물론 기계에 검색·감시당한 기분은 참으로 안 좋긴 하지만 말입니다. 특히 C-T를 찍을 땐 마치 칠성판에 누운 시체와도 같은 자세로 촬영을 하지요.

인간의 몸속을 흐르는 수천의 가지들 그 작은 떨림에도 화들짝 놀라는 몸.

목이나 어깨 근육들이 많이 굳고 아픈 날엔 한의원에 가서 침을 맞습니다. 머리가 무겁고 맥박이 너무 세게 뛰는 것 같아서 말입니다. 한의사는 나에게 스트레스로 인해 심장에 열이 너무 많이 차서 그 열이 머리로 올라간 탓이라는군요.

스트레스라! 긴장 없는 삶이란 죽음인데, 스트레스 없는 삶을 어떻게 누리고 살 수 있겠습니까. 침 몇 대로 내 몸의 열을 다스리고 한적한 뒷길로 천천히 걷는데 앞산 은사시나무에 아직도 남아 있는 초겨울 새집 몇 개 보입니다. 한 시절 지붕도 없이 살다간 영혼들의 처연한 처소입니다. 아니 처연하지 않았을지도 모르죠, 나뭇잎으로 지붕을 삼았을 테니까요. 나무는 지붕 없는 거처에 깃든 영혼을 다 떠나보내고 비로소 자신의 잎을 지웁니다. 그 앙상한 손을 흔들어 작별을 고했을지도 모를 일입니다.

엽서 37

연어에게

연어들이 헤엄쳐 간 길을 따라 갑니다. 뜨거운 알을 쏟아내고 자신의 최후를 맞는 그 어미의 삶이란 참으로 눈물겹지요. 우리의 생도 저와 같아서 흐르는 강에 발목을 적시고 오후의 햇살을 따라 하구로 하구로 흘러갑니다.

대양을 떠돌다 자신의 탄생지에 자신을 묻는 연어의 약속, 그들은 태어나서 단 한가지의 약속을 하고 그 약속을 지키기 위해 먼 길을 돌아옵니다. 단지 하나의 약속을 위해 바쳐진 생은 그래서 눈물겹도록 아름다운 것입니다.

빗방울이 물위에 떨어지며 둥굴게
아주 둥굴게 팔 벌려 퍼진다.
그 둥근 원위에 사람이 가는 길과

한 떼의 구름이 가는 길과
어린 염소떼들이 가는 푸른 길이 있다.
마치,
너에게 귀를 기울이면
내 마음이 모두 쏟아져 내려
푸른 회한의 눈물이 물결치듯
이 강의 맨 끝에 와 닿는다.
한 떼의 연어들이 물방울처럼 모여
이 강의 끝에서 경전을 읽듯
스르르 눈을 감고

다시 나는 이 강에 서서
물방울 같은 연어의 일생을 보았을
그 많은 사람들을 생각해 보는 것이다.

— 졸시, 「물방울 연어에게」 전문

　어느 한 시절 나는 연어들을 물방울이라고 생각했습니다. 수천의 물방울로 이루어진 물의 몸. 물은 저들의 사원이고 연어는 그 속에 깃든 푸른 수도자. 강의 처음에서 태어나 강의 처음으로 돌아와 생을 마감하는 그들에게 경배를 드리고 싶습니다.

물오리떼 날아가는 저녁 풍경

겨울 방죽이 **뼈**를 허옇게 드러내 놓고 누워 있습니다.

내가 걸어가는 방향의 오른쪽은 강의 하구이고

그 왼편은 강바닥만큼 낮은 집들이 지붕을 맞대고 웅크린 채
있습니다.

이것은 올라갈 때의 풍경입니다.

걸어갔던 그 길을 다시 외돌아 내려올 때, 풍경은 그 위치를
바꿉니다.

아무런 기척이 없습니다.

내가 몸을 한 번 뒤척인 듯합니다.

내친김에 바다와 맞닿는 강의 하구까지 걸어갑니다.

작은 사구에는 물오리 떼들이 저녁을 맞고 있습니다.

내 발자국 소리에 놀란 물오리 떼들 일제히 비상합니다.

미안한 마음이 듭니다.
저들도 어둠이 내리면 저녁을 끓이고
밤이 되길 기다려 사랑을 하겠지요.
고은 시인의 시 「그 꽃」이 문득 떠오릅니다.

　내려갈 때 보았네
　올라갈 때 못 본
　그 꽃

—고은, 「그꽃」 전문

징검돌, 해변의 묘지

나는 거기서
최초의 부드러운 한 사람을 만나는 중이다.

부화 준비를 막 끝낸 알처럼 금이 간
해변의 묘지 한 기
그 벌어진 금 사이로 부는 소금기 밴 바람들.

혹시 저 속에도
저물 대로 저문 생들이 모여
저녁밥을 끓이고 있을까

처녀의 젖가슴처럼 봉긋한 저 속엔
무슨 씨앗이 들어 있어
갈대가 자라고 키 작은 소나무가 자라고
때론 노란 원추리 꽃도 피는 것일까.

단 한 번도 세상과 바다,
그 어느 쪽도 편애한 적이 없었다는 듯
바다 쪽으로 반
육지 쪽으로 반
귀를 열어 놓고
웅크린 자세로 평생을 앉아,
묘지들은 낮게,
아주 낮게 중얼거린다.
그 중얼거리는 소리에 귀 기울이다

어느새 나는

해변의 무덤 한 기 내 속에 들인다.

―졸시, 「해변의 묘지」 전문

해변이 그렇듯 강변에도 참 많은 묘지들이 터를 잡고 앉아 있습니다.

묘들은 하나같이 넘어가는 햇살에 이마를 내어주며 오랫동안 먼 산을 응시하고 있습니다. 어느 한 곳을 오랫동안 바라보기 그리고 뛰어넘기. 저 묘들은 저마다 한 세상을 뛰어넘은 것들입니다. 뛰어 넘고 앞서 가서는 이승 쪽 사람들 쉽게 건너라고 징검돌 같은 거 정갈하게 놓는 것입니다.

처절하고 따스한 이야기

흰뺨검둥오리는 자신의 가슴털을 뽑아 둥지를 짓습니다. 그 집은 자신이 살 것이 아니라 새끼들을 위한 것이라고 하지요. 또한 어떤 새들은 자신의 새끼들이 싼 똥을 먹으며 천적으로부터 새끼를 보호한답니다. 냄새를 없애기 위해 그 냄새를 먹어치우는 그 애미의 모습은 정말로 징하지요. 이것들은 다들 따스하니 처절한 이야기입니다.

그리고 또 어떤 새들은 최후까지 살아남은 강한 새끼만 등에 업고 어두워 가는 호수를 건넙니다. 조류에게서 맹수의 피가 흐르는 순간이지요. 이것은 슬픈 모습입니다.

"살아남은 자의 슬픔"

살아있는 것을 등에 지고 가는 것은 또 하나의 슬픔을 지고 가는 것에 다름 아닌 듯합니다.

소를 생각함

중국의 소설가이며 학자이고 사상가인 루쉰은 "나는 소와 같아서 먹는 것은 풀인데 짜내는 것은 젖과 피뿐이다"고 말했습니다. 소를 생각해 보는 날입니다. 물론 진부한 소재나 대상으로 치부하기 쉽지요.

내가 이따금 다니는 강원도 고성군 신평리 어디쯤에는 폐교를 축사로 쓰는 곳이 있습니다. 마침 그 축사는 도로에 인접해 있어서 사람이나 자동차가 지나갈 때마다 소들은 교실 창밖으로 머리를 빼고 길게 몇 번 울지요. 예전에 저 속에 깃들었던 아이들도 저렇게 누군가의 인기척이 날 때마다 궁금해서 창밖으로 머리를 빼어들고 소리를 지르거나 바라보기도 했을까? 분명 아이들은 순한 소의 눈을 닮았을 테고 그 아이들을 가르치는 선생님도 덩달아 그 크고 선한 눈빛 때문에 어쩔 수 없이 아이들을 사랑할 수밖에 없었으리라는 추측을 해보기도 합니다.

그 소들은 미국산이나 호주산쯤 되어 보이는 젖소입니다. 저들은 하루 종일 건초를 씹어 우유를 만듭니다. 나는 그러한 모습을 보면서 내가 지금까지 씹어 먹은 것들이 얼마나 많은 자양분을 이 땅과 이 땅의 사람들에게 주었나 생각해 보기도 합니다. 생각이 길어질수록 부끄러움은 더욱 커지지요.

그러나 어느새 인가 축사는 텅텅 비고 말랑하던 똥들은 딱딱하게 굳어 똥의 구실을 못하고, 소들이 마른풀을 되새김질하던 축사에는 흙먼지만 켜켜이 쌓여 있습니다. 소는 분명 자본주의의 경제논리에 희생되었을 터이고, 그렇다면 아이들은 어디로 갔단 말인가. 그 가장은 남부여대하고 대처로 나갔단 말인가? 아이들도 자본의 논리에 희생 되었단 말인가?

굳은 소똥과 아이들이 손바닥만한 운동장 가에 싸놓은 듯한 똥에 뜨뜨미지근한 내 오줌을 끼얹어 봅니다. 소들의 우는 소리와 아이들이 웃고 떠드는 소리가 환청처럼 들립니다. 이윽고 그 소리는 일종의 경고로 바뀝니다. 인간에 대한, 인간을 향한.

반죽이 하고 싶다

반죽,

저녁에 수제비나 해 먹을 요량으로 밀가루 반죽을 합니다.

내가 어렸을 때는 아주아주 무지막지한 산골에 살았기 때문에 가을걷이가 끝나면 11월 초에 겨울 식량을 한꺼번에 사서 창고에 쟁여 두고 겨울을 났습니다. 그 중 쌀 다음으로 중요한 식량이 밀가루였습니다. 보통 밀가루 열 포대는 기본이었습니다. 하릴없는 겨울엔 마을 여자들이 모여 만두 추렴을 하거나 빵이나 호떡 같은 것을 만들어 온 동네가 나누어 먹곤 했죠. 물론 온 동네라 해봐야 30여 가구밖에 되지 않는 마을이니 나눠 먹는 일이 어려운 일은 아니었습니다.

특히 빵을 하는 날은 전날 밤에 미리 이스트를 넣어 반죽한 밀가루를 큰 양푼에 담아 아랫목에 모셔두었습니다. 군용모포를 뒤집어쓰고 부풀어가는 빵 반죽을 몇 번 열어서 확인하고 나서야 잠이 들곤 하던 그런 밤엔 잠에서 빵 먹는 꿈을 종종 꾸기도 했지요. 이제는 집에서 빵을 하거나 호떡을 굽는 일은 거의 없으니 밀가루가 부풀어 오르면서 내는 향긋한 이스트 향을 맡을 수는 없는 일이죠. 그래서 가끔 그때 생각이 나면 반죽을 합니다. 물론 만두나 수제비용으로 쓸 반죽이지요. 차지게 반죽하여 멸치 육수에 된장 풀고 끓이는 수제비를 일명 뚜덕국이라고도 하는데 이는 손으로 뚜덕뚜덕 뜯어 넣어 끓인다는 강원도 평창군 사투리입니다. 그리고 내가 어렸을 때는 만두피를 안반 위에서 커다랗게 홍두께로 밀어 만들었습니다. 다 밀고 나서는 노란 양은 주전자 뚜껑으로 찍어서 만두피를 만들곤 했지요.

영하의 겨울 저녁엔 이렇게 밀가루 반죽을 하여 수제비나 만둣국을 먹고 싶어지는 날이 잦습니다. 그리고 하루가 다르게 날이 서는 세상일들이 반죽처럼 잘 뭉쳐져서 서로 다투지 않았으면 좋겠습니다. 서로가 서로의 삶을 반죽해 주며 그 반죽이 빛 좋은 똥이 되어 땅을 살찌우고 세상을 풍요롭게 하는 거름이 되었으면 싶습니다.

내 마음속 시계

보통 사람들이 아침에 일어나면서 제일 먼저 하는 일은 시계 보기일지도 모릅니다. 물론 일치고는 우스운 일이지요. 시계의 둥근 원판이 어떤 날은 해바라기처럼 환해 보이고, 어떤 날은 정신없이 돌아가는 야바위꾼의 돌림판처럼 보이기도 합니다.

우리집 시계는 방마다 각각 다른 시간을 가리키지요. 정확한 것은 V.T.R에서 비춰 주는 디지털시계뿐입니다. 자신의 일정대로 움직이지 못할까 조바심 내는 인간의 불안이 시계를 불구로 만든 꼴이지요.

오늘도 어김없이 그 불구의 시계로 지구의 시간을 확인하고 인간이 만든 시간 속으로 들어갑니다. 들어가서 또 시간과 불화합니다. 시간뿐만이 아니라 자신의 몸을 가두는 공기와 그 공간을 함께 점유한 인간들과 불화합니다.

그러나 불화와의 공존, 이것은 인간의 지혜와 관련된 것이기에 끝내 거역할 수 없는 숙제이기도하지요.

매일 매일 나는 내 마음보다, 아니 일상의 속도보다 늦게 가는 시계를 얼마나 사랑하는지를 새삼 깨우칩니다.

달을 굴려 서역까지 간다

달이 밝은 날은 잠이 쉬이 오지 않습니다.

예로부터 달은 왜 거룩하고 신성한 존재였을까. 달은 스스로를 멸망시켰다 다시 일으켜 세우는 자발성 혹은 자생력, 그리고 자가 치유력을 한 몸에 가지고 있기 때문이 아닐까 생각해 보기도 합니다. 그런 면에서 나무나 풀 같은 자연물도 달을 닮아 있죠. 그것들도 순환의 생명력을 한 몸에 지니고 있으니까요. 한마디로 자연에 존재하는 모든 것은 우주적이라 감히 말할 수 있겠습니다.

달은 원시부터(혹은 신화적으로) 여성의 풍만한 육체나 多産을 의미하기도 했습니다. 그래서 우리의 기원은 대체로 달 쪽을 향해 있기도 하죠. 그만큼 인간에게서 달은 거룩하거나 신성한 어떤 존재이기도 합니다.

멀치아 엘리아데는 그의 저서 『聖과 俗』에서 "근대의 서구인들은 거룩한 것의 수다한 현현 앞에서 어떤 불편스러움을 경험한다"고 했습니다. 그렇게 보면 저 거룩한 것들이나 신성한 것들 때문에 인간들 역시 괴롭고 불편할지도 모를 일입니다.

佛家에서는 달을 가리키는 손가락을 보지 말고 달을 보라고 했습니다. 사물이 주는 포장되고 과장된 신성성을 제거하고 대상 그 자체의 본질을 통찰한다면 어떨까 생각해 보기도 합니다. 물론 그렇게만 세상의 존재를 들여다본다면 인간의 생은 조금은 덜 풍요롭기도 하겠지요. 아니면 진정한 통찰이 이루어진다면 그 반대일 수도 있겠죠.

아무리 그렇다 하더라도 누가 뭐라 해도 달을 전거바퀴 굴리듯 서역까지 굴리고 갈 수 있다면 진정 인간의 세속적 삶은 행복하리라 생각합니다.

풀씨가 허무는 집

오래된 절집 지붕에는 어김없이 풀들이 자랍니다. 절집 기와들이 서서히 흙으로 돌아가고 있다는 말이지요. 그곳에 자신과 자신의 식솔을 풀어놓은 풀들은 그 곳의 토박이인 셈이죠, 스님들은 절집을 이리저리 옮겨 다니며 수행을 하지만 자신의 뿌리를 한 번도 옮기지 않는 고집불통, 혹은 오체투지. 그들은 자신의 씨앗도 절집 지붕에 묻습니다. 결국 거기에다 자신의 가족사를 쓰는 셈이죠. 그리고 그 가계에 세월이 쌓여 자신이 여물 때쯤이면 절집 지붕을 조금씩 허물기 시작합니다. 풀씨들이 허무는 절집 한 채, 풀 한 포기에 헐리는 집 한 채. 그런 것을 보고 있노라면 저 작은 씨방에 내재된 폭발적 에너지의 위력에 경탄, 아니 경악하게 됩니다. 저들에 내 생이 압도당합니다.

애기똥풀, 몰래 주는 사랑

애기똥풀이 무더기로 피어 있는 작은 길을 걸은 적이 있습니다. '애기똥', '애기똥'하고 조용히 중얼거려보면 이상하게도 똥이라는 어감이 주는 역겨움이 아닌 향긋함이 떠오릅니다. 애기똥풀의 꽃말은 "몰래 주는 사랑"이라 합니다. 일명 "젖풀"이라고도 하지요. 줄기를 꺾으면 노란 진액이 나오는데 이는 엄마 젖을 먹고 싼 똥 색깔이 이런 색일까? 하는 궁금증도 자아냅니다. 애기똥처럼 맑고 순수한 의문일지도 모릅니다.

애기똥풀 지천으로 핀 길을 오후 내내 걷다가 문득 '몰래 주는 사랑'이라는 말이 떠올라 빙긋 웃습니다. 나는 누구에게 몰래 사랑을 준적이 있었던가. 애기똥풀 노란 진액물처럼 진한 색으로 한사람을 물들인 적 있었던가를 생각하게 되는 것이지요.

들판의 저쪽에선 흰 수건을 쓴 아낙과 그녀의 남편인 듯한 한

남자가 무릎걸음으로 고추모종을 심고 있습니다. 멀리서 보아 분명하지는 않지만 그들은 오랫동안 서로 말이 없습니다. 침묵하며 어린것들 심는 모습에서 경건함도 전해옵니다.

햇살 좋은 봄날은 날건달처럼 들판을 쏘다닙니다. 그러다 저녁이 되면 아쉬운 듯 아쉬운 듯 애기똥풀과 또 다른 이름의 꽃들과 잡았던 손을 놓습니다. 이런 날은 아주 더디게 시간이 가길 바라지만 지구의 시간 앞에 내 바람은 사소할 뿐이지요.

주머니에 애기똥풀 몇 개 넣어 돌아오는 길, 간이 정거장에서 버스를 기다리며 나는 나를 기다려주는 누군가의 손등에 애기똥풀 허리를 꺾어 그 노란 진액으로 간절하고 애틋한 문장 하나 써주고 싶습니다. 몰래, 아주 몰래 말입니다.

엽서 47

간절한 기다림

영 너머에는 자주 눈 소식이 들리는데

내 사는 동해 쪽은 언제쯤 눈이 오실까.

어느 날 저 쪽 사람들은 눈 쌓인 동해 쪽을 T.V를 통해 보면서

자신과 한 번쯤이라도 인연을 맺었던 사람과 장소를 그리워할

까.

나와 먼 곳에 있는 것들이 간절히 그리워집니다.

눈(雪)은 음흉하지만,

절벽에 닿으면 절벽이 되고

나무에 닿으면 나무가 되고

너에게 닿으면 너가 되는

그리하여 마침내 어디에라도 닿으면

그대가 되는 자궁, 그 거대한 생명의 탄생지 같은 것이라는 생

각이 듭니다.

동해 쪽으로도 한 소식이 오시려는지 느낌 온도가 낮아지고 있습니다.

더 뜨겁게 생을 불 지피라고 하늘이 차가웁게 등고선에 걸려 있습니다.

바람이 부는 이유

모든 신성한 것들 위에 바쳐진 생은 위태롭다. 그래서 슬프다
그 슬픈 생들은 얼굴을 가리고 벼랑으로 자꾸만 뛰어 내린다.
뛰어내리는 생을 견인하려고 이토록 매섭게 바람은 부는 것이
리라.

그리움, 그 가혹한 설렘

굵고 무거운 눈발이 마구 쏟아집니다. 날은 어두워지고 뿌리 없는 저들은 밤새 이 거리를 떠돌겠지요. 낮 동안에 아이들이 놀던 발자국을 뒤에 오는 눈이 천천히 덮어주고 있습니다. 덮어주면서 저마다의 발길을 기억합니다. 급하게 뛰어 가던 발걸음과 천천히 걸었던 발자국, 누군가를 그리워하며 걸었던 발자국, 실연의 아픔을 하나씩 세면서 걸었던 발자국, 혹은 오지 않을 그 무엇인가를 기다리며 동동 구르던 발자국, 추위에 얼굴을 감싸고 귀가하는 가장의 발자국. 등등

저들은 다시 이 지상에 올 때 그들의 어깨에 따뜻하게 내리려고 자신을 딛고 간 모든 것들을 기억합니다. 저렇게 인간의 발길을 선명하게 기억하는 눈 쌓인 운동장을 보니 갑자기 두려운 생각이 들기도 합니다. 잘못 살아온 생들이 저 눈 속에 머리 처박으

며 큰소리로 울기 때문입니다.

그리운 사람이 보살피라고 그리운 사람의 집 앞에 오래 오래 나를 닮은 눈사람하나 세워놓고 귀가하고픈 저녁입니다. 그리움 이란 참으로 가혹한 설렘이기도 합니다.

설날 부근

설날부근 산등에서 불어오는 눈보라가 마을까지 내려옵니다. 며칠 전부터 앓던 감기는 더욱 깊어져 문 밖 출입을 못했더니 문 밖 세상이 더 궁금해집니다. 인간의 생이란 이렇듯 몸의 지배를 받는, 몸의 하수인인지도 모르지요.

억지로 몸을 일으켜 명절 쇨 장을 보러 그 궁금증의 진원지인 시장에 갑니다. 오후의 시장에는 바람이 골목을 쓸며 지납니다. 어물전을 기웃거리며 생선 등에 얹힌 소금기를 들여다봅니다.

가령, 저 몸에서 살을 다 발려 내거나 혹은, 뼈를 다 발려낸다면 남는 것은 오직 하나 접시에 닿는 마음뿐일 거라는 생각을 해봅니다. 그 마음에는 한 가족의 분주한 일상사도 고스란히 얹히겠죠.

오늘 저녁은 접시에 남은 빈 마음을 모아 따스한 밥에 얹어 먹고 싶습니다.

또, 설날에는 먼 길을 돌아온 핏줄들이 서로에게 따뜻한 생을 수혈해야 할 텐데요. 온기 빠지지 않게 보온에 특별히 신경써야 할 것 같습니다. 그리고 빠뜨릴 수 없이 가장 중요한 명절 차례 지내기. 망자의 혼과 대화 나누기.

그러나 나이가 들수록 망자와의 대화는 점점 식상해지고 서로를 당기던 피도 눈물도 묽어지고 있으니, 더 긴장하고 배려하며 명절을 모셔야할 것 같습니다.

그래야 올 명절도 흥성스러워질 테니까요.

2부

풍 경

인간의 손닿을 수 없는 곳에서 절대 자유의 생을 즐기는 것들을
보면 자꾸 그 속으로 들어가 하루쯤 쉬고 싶어집니다.

나무 한 그루의 위안

여행에서 돌아오면 언제나 경황없이 다닌 그 길들이 가끔씩 내 생을 보듬어 주리라는 희망 섞인 기대를 가져 보게 됩니다.

여행에서 돌아와 그 여행지를 떠올리며 가장 강력하게 각인되어 있는 기억이 무엇인지 하나씩 들추어 보니 역시 같이 여행한 사람들의 결 고운 마음이 가장 먼저 떠오릅니다.

그리고 우리의 먼 조상들이 거닐던 뜰을 거닐며 마당을 쓰는 후대의 내 발길. 누대에 걸쳐 이 역사의 현장들을 누군가는 방문했을 테고, 간혹 역사의 이면을 들춰보고 킥킥거리거나 아니면 분노하거나 더럽다고 세상을 향해 욕을 해대기도 했을 것입니다. 유서 깊은 역사의 현장을 걸으며 바람결에 조용히 듣는 역사의 이면들 그런 것들은 여행이 끝난 후에도 오래 내 삶을 끌어당깁니다.

그러나 고백하건데 진정 내 마음 화들짝 들뜨게 하는 것은 내소사 앞 민박집 마당에서 곱게 눈을 맞고 서 있는 호랑가시나무 한 그루임을 숨길 수 없습니다. 또한 그와는 반대로 온 몸에 눈 한 점 묻히지 않고 허공을 겨누는 작살나무 잔가지들, 바람에 간지럼 타는 다산초당 동암 앞 배롱나무들, 죽을 때까지 죽도록 푸르른 대나무들, 이런 것들이 나에게 던지는 질문에 정신이 번쩍 들기도 합니다. 잠시 인간의 역사를 미뤄두는 순간 무작정 쳐들어오는 것들이지요.

　무릇 인간의 역사는 저 자연에서 빌려온 역사와 다르지 않다는 생각을 하염없이 하게 되는 것이지요. 하여 다산초당 천일각 앞 소나무 한 그루에 기대었던 마음을 멀리 강원도 변방의 내 방까지 옮겨 놓습니다.

풍경의 회초리

　내 몸과 싸우는 술, 술과 싸우는 내 혼들. 그 싸움의 중심에서 상처 입는 내 육신이 한없이 가엾습니다. 늘 술과 내가 서로 배려도 없이 싸우기만 합니다. 판판이 지는 것은 몸을 가진 인간이지요. 적당히 술과 거리를 두고 바라보며 그리워하는 대상이 되어야 서로 절친해질 텐데...

　저녁 무렵 작은 방에 배를 깔고 누워 무엇을 할까. 아니 무엇을 할 수 있을까를 생각해 보던 중. 바다에서 노닐다 저문 들판으로 날아가는 물오리 떼를 생각해 봅니다. 그리고 나는 자신의 체중을 안고 날아가는 저들의 깃털에조차 들지 못하겠다는 생각을 해봅니다. 아직도 가라앉지 않은 나의 끓는 몸속과 욕망들. 나와 나 사이의 무수한 단절이 몸을 지치고 아프게 합니다.

　무수히 많은 산과 집과 돌을 얹고도 가라앉지 않는 섬. 다투지 않고 자신의 바깥을 담는 호수. 이런 것들은 나의 부끄러움을 일깨워주는 회초리 같은 풍경들입니다.

아름다운 몰락

국도 변에 버려진 자전거 한 대는 그들의 욕망을 거기서 멈추었나봅니다. 구르기를 포기한 욕망 위를 바람이 덮으며 지나갑니다. 바퀴들은 욕망을 제어하느라 얼마나 고단했을까. 바람 빠진 바퀴 위로 한 무리의 바람이 지나 갔으나 이미 녹슨 바퀴는 바람에 현혹되지 않습니다.

저렇듯 모든 숨을 놓고 길 위에서 최초의 자신에게 귀를 여는 것들이 인간을 얼마나 무능하게 하는지... 나무들 몇 그루 이정표처럼 길 위에 서있으나 내게 말을 걸지 않습니다.

누군가 저 욕망이 다한 자전거를 끌고 가 다시 재생시킬까봐 걱정입니다.

재생, '재활용' 이런 말들이 유효한 시대에 '소멸'이라는 말이 참 아름답게 들리는 순간이 있습니다.

다시 니체의 말을 떠올려봅니다.

"인간이 사랑스러울 수 있는 것은 그가 건너가는 존재이며 몰락하는 존재라는 데 있다"

"몰락하는 존재"와 더불어 아름다운 소멸을 생각해 보는 날입니다.

둥근 이마

실로 오랜만에 마음이 인도하는 곳으로 산책을 합니다. 산책이라는 말은 어떤 느림과 게으름, 그리고 사유, 이런 것들과 동의어인 듯싶습니다. 마을과 마을, 집들과 집들이 작은 오솔길로 연결되어 있는 곳, 그 곳의 길들은 마치 서로의 안부를 묻거나 신호를 주고받는 통로 같습니다. 그 길을 따라 누군가는 걸어 나가고 또 누군가는 걸어 들어왔을 테죠.

햇볕이 잘 드는 구릉에 앉아 집과 길들을 내려다봅니다. 집들은 처마에 고드름을 길게 매달고 있습니다. 햇살이 집중적으로 고드름 쪽을 비춥니다. 차고 시린 몸에서 반짝이던 빛이 내 눈과 이따금 마주치기도 합니다. 고드름은 자신의 뾰족한 끝을 조금씩 버리기 시작합니다. 한 생을 버리는데 반나절이 걸립니다.

나도 예각의 몸에서 눈물을 털어내며 언 몸을 녹입니다. 그 사

이 고드름은 자신이 밤새 타고 내려왔던 지붕의 이력과 간신히
자신을 지탱해주던 처마를 잊습니다.

마침내 새로운 몸을 얻는 순간이지요.

그제서야 처마도 파랗게 머리를 깎은 스님처럼 환해 보입니다.

길의 맛

영화 〈아이다호〉를 보면 주인공이 "나는 길의 감식가야"라고 말하는 대목이 있습니다. 참 매력적인 말인 듯싶습니다. 길의 맛을 아는 인간이라! 온몸이 전율하도록 아름다운 사람이겠죠.

나는 매일 길을 나서지만 제대로 길을 감식한 적이 없는 것 같습니다. 국도의 끝에서 끝으로 달려 보았지만 길이 끝난 지점에서 만나야할 미지의 생을 만나지 못했으니 말입니다. 가끔 길 위에서 해가 질 때 가로수들이 길 위로 인화되기도 하지만 무딘 생은 그 순간을 그냥 지나치고 맙니다.

길 위를 걸으며 이 땅의 자식들은 제 애비와 실연의 상처를 수천 번 죽이고 누르지만 그 수천 번씩 죽인 상처와 애비는 몇 번씩 전화를 걸어옵니다. "별일 없냐?"고 재차 물으며 전화를 끊습니다.

오! 끝내 떠날 수 없는 내 삶의 배후여. 탈출구가 막힌 가련한 짐승이여. 그러나 길을 나서는 것이 나의 운명이므로 또 나서야 할 것이고 가끔 누군가의 전화가 그리울 것입니다.

어느 날은 국도 변의 지붕 낮은, 마치 격리 수용된 중환자처럼 서있는 식당에 들어 내가 수천 번도 더 죽인 애비와 백반을 먹을 것입니다. 따스한 숭늉이 내 속울음을 달래 줄 때까지 식탁의 모서리에 몸을 기대고 천천히 그리고 처연하게 말입니다.

졸업

이 땅의 2월은 졸업식 시즌입니다. 일종의 업을 마치는 일이지요. 불가에서는 업장이 소멸하면 정토에 든다 하는데, 학생은 업을 마치면 더 큰 업에 들어야하니 진정 업을 마친 것은 아니겠지요.

베란다에서 몇 해 겨울을 견디던 신고늄이 죽었습니다. 이제 저들의 발가락은 다시는 다시는 꼼지락 거리지 않겠지요. 베란다에서 자신의 허리를 꺾은 신고늄은 업을 끊고 서방정토 어디쯤 갔을라나 모르겠습니다. 한데 저 신고늄은 자신이 살았던 화분이 곧 자신의 무덤이 될 줄 알았을까.

졸업식에서 돌아오는 아이들을 물끄러미 바라보며 이런 부질없는 생각을 해보는 2월 어느 날입니다.

색에 대한 생각

색 중에서 검은 색은 모든 색을 다 담아낸 후 자신은 아무렇지도 않은 듯 캄캄하게 자신을 닫고 있는 것인지도 모릅니다. 시치미로 치면 보통 시치미가 아닌 것이지요. 그래서 검은 색을 보면 의뭉스러워 그 깊이와 외연을 가늠할 수 없습니다.

모든 것을 담는다는 것은 어쩌면 스스로 어두워져 모든 것을 다 버린다는 의미와 같은 것인지도 모릅니다.

캄캄한 길을 나설 때, 그 길이 담고 있는 숱한 생들의 수런거림 듣다가 산협 쪽으로 귀를 돌리면 바람이 풀잎들 종아리에 가 닿는 소리 크게 들립니다. 어둠은, 이 검은 것은 이토록 그 속에 큰 소리도 담고 있는 것입니다.

텅 빈 검은 것들, 오오 비로소 꽉 찬 검은 것들.

엽서 58

술, 생명의 물

술이 속해 있는 곳은 어디일까요. 바슐라르는 술을 "불타는 물"이라했던가요. 이러한 바슐라르의 말에 동의한다면 술은 화기(火氣)인데, 이것은 상승지향적인 어떤 것일 겁니다. 그래서 술을 마시면 정신의 상승이 이루어지고 이는 곧 육체의 상승을 불러와 인간의 중심을 흐트러 놓기도 합니다. 흐트러진 중심에서 만나는 일상은 가끔 윤곽이 불분명한 아름다움이었다가 중심을 세우고 다시 보면 너무도 초라하지요.

결국 술은 인간을 들어 올렸다 다시 추락시키기도 하는 특징을 갖고 있습니다. 술 마시는 인간들의 변명인지 모르지만 그래서 생을 망치는 것이 아니라 종종 생을 들어 올릴 수 있는 술 마시기가 분명 필요하다고 말합니다. 위스키의 어원이 "생명의 물"이라는데, 그 이름에 걸맞게 우리의 생명을 재생시키는 술 마시기가 필요할 듯싶습니다.

그러나 정신을 고양시키는 음주는 참으로 어려운 일이지요.

엽서 59

프리다 칼로의 전기를 보는 밤

.

T.V에서 프리다 칼로와 디에고 리베라의 전기를 소개하는 프로그램을 보았습니다.(르 끌레지오가 쓴 글을 중심으로 구성한) 그리고 가만히 앉아서 고통의 나날을 탈주하는 한 생을 물끄러미 응시했지요. 썩어가는 다리를 자르고도 "내게는 날개가 있는데 다리가 무슨 소용이냐"고 말하는 프리다의 쓸쓸한 자기 위안적인 말을 다시 되새김했습니다. 자신의 육체적, 정신적 상처와 불구를 노골적이고 잔혹하게 표현했던 프리다 칼로의 그림들. 그녀의 일기에 적은 "불안, 고통, 쾌락, 죽음이 존재를 유지하는 유일한 방법이고, 결국은 하나"라는 말이 자꾸 내 잠의 꼬리를 자르는 어두운 밤이었습니다.

위층에서는 간간이 부부 싸움하는 소리가 들립니다. 싸움하는 소리에 묻혀 어린아이가 울고 아래층 사내가 지겨워할 때까지 싸움은 끝나지 않습니다. 저렇게 늦게까지 싸워서 건너는 생은 어떤 생일까, 아니면 저 고통의 싸움이 그들의 존재를 유지하는 한 방식일까, 궁금하기도 했습니다.

국도변 가을 풍경

늦가을 삼척 어디쯤 해변 쪽으로 여행을 하다가 내륙으로 조금 들어가서 본 풍경이 생각납니다. 무청을 마대 자루에 가득 담아 천천히 경운기에 싣고 가던 노인과 그 노인 옆에 흰 수건을 쓰고 조용히 실려 가던 또 한 노인, 그리고 그 해변 밭둑 감나무에 떨어질 듯 위태롭게 매달려 있던 마지막 감들. 다들 생의 위태로운 빛나는 절정에 닿아 있는 것들이라는 생각이 들었죠.

인간의 손닿을 수 없는 곳에서 절대 자유의 생을 즐기는 것들을 보면 자꾸 그 속으로 들어가 하루쯤 쉬고 싶어집니다. 자글자글한 햇볕에 자신을 내어 말리며 끝내 바스락거리는 소리 하나로 사라질 그들의 생은 참으로 고요합니다.

산촌의 어느 집 처마에 걸린 무청이 창창하게 햇볕을 받고, 달빛을 받고, 바람을 받습니다. 저 무청의 몸은 그렇게 모든 것들을 받아 육화 시킨 생의 정수에 가깝습니다.

　점심으로 시래기 국을 먹다 왈칵 치밀어 오르는 뜨거운 그 무엇이 같이 씹히는 건 그리운 사람과 함께한 그리운 한 순간이 있었기 때문입니다.

마지막이라는 말의 희망

열쇠를 잃어버려 잠긴 방문을 열지 못하고 오랫동안 서성대다 어느 서랍장에 처박아 두었던 열쇠 꾸러미를 간신히 찾아 방문을 열었던 경험 누구나 한번쯤 가지고 있을 것입니다. 그럴 땐 열쇠 꾸러미의 열쇠를 하나씩 자물쇠에 꽂으며 한 번에 열리지 않는 자물쇠를 원망하곤 했을 테죠.

그런데 우리의 경험상 이런 종류의 일이란 원래 한 번에 잘 해결되지 않는 법이라 열쇠꾸러미에 있는 열쇠를 거의 다 꽂아 보고 나서야 열 수 있습니다. 나는 이런 생각을 하지요. 하나씩 열쇠를 교체해서 꽂을 때마다 희망과 좌절이 반복되고 있다고. 기다림은 희망이라고. 그 기다림이 절망으로 바뀌어도 희망이라는 이름의 또 다른 열쇠가 있다고, 마지막 남은 열쇠 하나에 희망을 걸때만이 절망과 좌절은 버려진다고, 버려질 수 있다고. 마지막 남은 열쇠 하나에 거는 희망. 마지막이 다만 절망이 아니길 바라는 간절함이 거기에는 배어 있는 것이죠.

달방이 있는 마을

다른 곳으로 발령을 받아 짐을 쌉니다. 그동안 버리지 못하고 꼭꼭 처박아 두었던 내 욕심과 집착을 이제야 내다 버리며 올려다 본 하늘은 잿빛입니다. 나의 이사와 잿빛 하늘이 맞닥뜨리는 순간입니다.

언젠가 전셋집을 전전하면서 집구하던 시절이 생각납니다. 오랜 여행에서 돌아와 보니 내 살던 전셋집은 경매에 붙여져 있고, 식솔들은 불안에 그늘진 얼굴로 가장을 기다리고 있었습니다. 겨우 임대차보호법의 도움으로 몇 푼 안 되는 전세 자금을 받아 들고 살던 집을 쫓기 듯 나와 다른 사람이 살던 집으로 들어가는 마음은 착잡했지요.

중간을 조금 넘긴 가을 황급히 걷는 발길에 밟히던 나뭇잎들은 어찌나 크게 부서지는 소리를 내던지 하마터면 내 마음을 들킬 뻔했습니다. 몇 방울의 눈물까지도...

오늘의 이사는 조금 다르긴 하지만 그래도 몇 년을 드나들던 내 방을 떠나려니 조금은 아쉬움이 남습니다. 임지에서 기다리고 있을 또 다른 방이 조금 낯설고 부담되기도 하지만 잘 적응해야겠지요. 밥을 해결하며 산다는 것은 환경에 잘 적응한다는 말이기도 하다는 생각이 듭니다. 조금은 쓸쓸한 일이지요.

하여 황폐해진 정신과 육체로 간신히 간신히 건너는 생은 가련합니다. 새로운 부임지 간이 버스 정류장 부근을 지나치는데 '달방 있음'이라는 문구를 내 건 파란색 대문집이 눈에 뜨입니다. 물론 사글세를 받고 방을 빌려 준다는 뜻이지만, 그 말에 자꾸 마음이 갑니다. 꼭 그 집에는 우리들 삶의 희노애락처럼 채워졌다 비우기를 반복하는 '달'이 살고 있을 것 같은 생각이 들기 때문입니다.

엽서 63

따스한 窓

나는 호수 주위를 서성이며 걷기를 좋아합니다. 바다가 주는 역동성과 충만한 에너지도 좋지만 가끔은 바다의 위압적인 모습 때문에 호수를 더 좋아하는지도 모를 일입니다. 영하의 어느 날 호수 주위를 아무 생각 없이 걷는데 사람들이 얼음낚시를 하느라 여러 군데 구멍을 뚫어 놓은 흔적이 눈에 띕니다. 그 뚫린 구멍들이 무슨 숨구멍이나 어느 외딴집에서 서편을 향해 내어 놓은 창 같기도 합니다. 그러나 몇 날이 지나 어느 정도 날이 풀린 볕 좋은 날 그 호수에 다시 가보니 흔적은 간 곳 없고 구멍이 있던 자리는 물로 봉합되어 흐르더군요. 흐르는 구멍 그 구멍은 한 때 호수의 숨구멍이나 창(窓)이었는데 그 작은 창이 사라져 버린 후 온 호수가 창이 되어 있는 기분이었습니다.

작은 것이 전부라고 생각하며 살아온 내 생애가 한꺼번에 무너지는 순간이었습니다. 사소한 것을 버리고 온몸이 눈(目)이 되고 창이 되어 세상을 보는 그 큰 울림은 작은 내 몸뚱이 하나쯤 덜렁 들어 땅바닥에 메어치기 충분했습니다.

국도변에 간신히 몸을 기대고 서있는 집들의 창에 불이 들어오는 시간, 그 집들이 켜놓은 불빛들이 위태롭지만 따스해 보입니다.

불어가는 바람 한 자락에도
은유가 깃들여 있다

언제나 영화를 보고나면 그 영화에 경도 되어 한동안을 서성이게 되죠. 현실과 허구(혹은 가상), 그 틈을 오가며 갈등하게 됩니다. 허구가 주는 강한 매혹들, 나는 현실적 삶에서 나에게 한 번도 오지 않았던 사건과 시간과 생을 만날 수 있는 기회를 영화나 여타의 허구적 언어에서 만납니다.

모순과 강박으로 가득한 현실적 삶을 내팽개치고 싶을 때, 그러한 매혹은 더 강하게 현실적 삶을 밀어내게 되죠.

나는 현실과 허구 사이의 갈등을 사전적 의미의 언어와 은유적 의미의 언어 사이의 갈등이라 생각합니다. 은유가 주는 헐렁함을 사람들은 일반적으로 동경하게 되는지도 모릅니다.

인간은 빽빽한 생의 기록보다는 행간이 비어 있어 언제든지 그 사이에 자신을 얹어 놓을 수 있는 그런 상태를 꿈꾸게 되는 것이지요.

어떤 사람은 "과학도 은유다"고 말하기도 합니다. 결국 은유는 새로운 창조를 생명으로 하는 속성을 가지고 있어서 그렇겠지요.

나는 불가의 말을 패러디하여 이렇게 말하고 싶군요.

'불어가는 바람 한 자락에도 은유가 깃들여있다'고.

쓸쓸함과의 동행

입학식 날입니다. 어디를 가나 입학식 풍경은 내 맘에 들지 않습니다. 일정정도 군국주의적 잔재를 안고 있기 때문이지요. 그나마 위안으로 삼을 수 있는 것은 교정 곳곳에 서있는 나이 든 나무와 그 나무들이 들려주는 충고가 있기 때문입니다.

운동장 담벼락에는 봄 햇살과 겨울 끝자락 바람이 함께 나와 있습니다. 그리고 거기엔 세상의 모든 물상들이 그늘을 담았던 흔적도 있습니다.

인간의 생이란 어디를 가든 쓸쓸하기 마련입니다. 백석의 시에서 "하늘이 이 땅에 귀한 사람을 낼" 때는 "가난하고 외롭고 높고 쓸쓸하게" 태어나도록 했다고 했지요. 무엇인가 자신의 생을 끊임없이 견인하고자 하는 사람의 삶은 눈물 날 수밖에 없을 겝니다. 인간의 슬픔은 끝이 없고 인간의 슬픔을 동행할 수 없는 한 인간의 생 또한 쓸쓸합니다.

요즘은 온통 이런 생각이 듭니다.

나는 '새로운 일과 사람들 속에 구식인 나로 남아 있는 건 아닌지', '중세의 한 사람이 황폐한 현대 속으로 걸어 들어가 듯 가고 있는 것은 아닌지.'

하여튼 세상의 길이란 자신이 걸어가는 속도만큼 열려 있다는 믿음을 오랫동안 갖고 싶습니다.

대결(對決)

나는 가끔 내가 사는 읍을 떠나 북쪽으로 가면서 안개에 반쯤 가린 동해와 안개에 봉우리 쪽이 반쯤 가린 설악을 보게 됩니다. 생의 본질이란 저렇게 감춤과 드러냄의 아슬아슬한 경계에 위치하는 것은 아닌지 생각해 보게 됩니다.

자신의 속내를 다 드러내 놓고 펑펑 우는 인간의 순진함은 어떤 때는 바보스럽기까지 하지요. 아니면 그 반대로 자신을 다 감추고 끝내는 어두워져 한 발짝도 가지 못하는 어리석음도 생각해 봅니다.

드러내는 것과 끊임없이 그 드러난 부분을 감추는 안개들, 그 입김을 뒤집어쓰고 몸을 망친 개들은 슬금슬금 길 옆쪽으로 걸어가다 사람의 집 반대편으로 사라집니다.

복수초와 바람꽃이 피었다는 소식이 옵니다. 겨울과의 대결을 가장 먼저 끝낸 것들입니다.

> 아직 채 겨울이 가시지 않은 자리에 꽃피우는
> 저 성질급한 녀석을 보면 한때,
> 내가 내 젊음을 마구 써버렸던 시절을 후회하게 된다.
> 다른 놈들보다 먼저 꽃피우기 위해
> 일찍 꽃을 지우고 힘을 저장하는 저 모습을 보면
> 초저녁 잠을 청하는 내 어머니의
> 굽은 등이 환하게 보인다.
> 이른봄
> 음지에서 최대한의 음지에서
> 눈녹이는 꽃들이여
> 너무 일찍 잠드는 어린 시절 내 집이여.
>
> ─졸시, 「복수초」 전문

낙엽의 내공

　가끔 이럴 때가 있지요. 악몽을 꾸는 꿈보다 깨어 있는 시간이 더 길고 괴롭다고 느껴질 때.

　내리는 겨울비를 감당하기 힘들어 지향점 잃은 길을 가다가 다시 돌려 산사에 갑니다. 나무들은 절벽 같은 산등성이에 붙어 머리채를 다 쏟고 비를 맞으며 겨울 지낼 궁리를 하고 있습니다. 나도 저와 같이 머리채를 다 쏟고 고민할 겨울이 있는지 한 참을 생각해 보기도 합니다. 한 소식을 했는지 낙엽은 촉촉이 젖어 제 몸에 내공을 쌓으며 바스락 거리던 생을 화들짝 걸어 잠급니다.

　비는 그렇게 초겨울 산에 깊게 입을 맞추며 금방 부서질 듯 바스락 거리는 것들과, 몸피를 벗어 던지고 견고하게 서 있는 것들에 인공호흡을 하고 있었던 것입니다. 그 숨소리를 기억하며 또 그 기억의 힘으로 저 나무들은 겨울을 나고 있는지도 모르겠습니다.

악몽을 꾸는 꿈보다 깨어있는 시간이 더 힘겨운 날.

저녁을 미루고 미루다 잠이 듭니다.

사원에서 보낸 한 계절

　요즘은 내가 사는 이 세속의 세상이 마치 사원 같다는 생각을 합니다. 그 속에 깃든 삶이 모두 경건하고 단아해서 쉽게 볼 것이 아닙니다. 그 거대한 사원에 존재하는 것들이 불어 대는 생의 이유와 상처들이 나를 부축합니다. 가령 내 사유의 불구성(不具性)이 그들에 기대는 셈이지요. 마침내는 꽃 피우지 못하고 말라비틀어진 겨울 열매도 그 속이 거대한 경전으로 가득 차 있다는 생각에 이르러서는 아득해지기까지 합니다. 그 속에 내 글 한 줄 얹을 수 있기를 희망해 보기도 하는 것이지요.

　어떤 날은 생명 없는 것들에 목숨을 불어 넣으며 자신을 생의 정점으로 밀어 올리는 꽃들에게도 내 생의 오후를 보시해 봅니다. 나는 내 사소한 생각의 몸피를 다 벗을 때까지 걸어가 볼 생각입니다. 마침내 내가 목어와 몸을 섞어 심해에 붉은 알 하나

낳을 수 있기를 소망하며 치어처럼 내닿고 싶습니다.

　이국에서 쳐들어온 황사가 온 국토를 유린하는 날, 날씨조차 종속당하는 이 민족의 슬픈 운명을 생각해 보는 봄날입니다.

눈발에 실려 온 말들의 풍경

3월. 동해 쪽은 3월에 때 아닌 폭설이 내리는 날이 잦습니다. 겨울을 무장해제하고 국도를 내달리던 사람들은 낭패를 경험하기 십상이죠. 서쪽에서부터 시작된 눈발이 동해 쪽으로 오면서 에너지가 무지하게 늘고 저것들은 어디 저 먼 우주에서 여기까지 온 손님 같습니다. 간신히 지상에 자신을 내려놓으며 더는 갈 데가 없어 서성이는 눈발들. 서편에 사는 그리운 사람이 어제 보았던 그 눈을 지금 동쪽의 내가 하염없이 바라봅니다. 눈발 속으로 무슨 소식들이 안간힘을 쓰면서 오는 듯하고 애틋함도 함께 오는 듯한데, 그 소식이나 혹은 말들의 풍경이 종종 즐거웠으면 좋겠습니다.

담임의 종례를 꾸중처럼 듣다 아이들이 돌아간 빈 교실. 작은 창으로 밖을 내다보다 나는 저 내리는 눈발에 할 말을 유린당하고 맙니다, 예각으로 몸이 베어집니다.

엽서 70

살아남기 혹은 살아내기

인간의 생의 맨 앞에 그리고 맨 뒤에는 무엇이 있을까? 물론 동의하지 않는 사람들도 많겠지만 그것은 죽음이라는 것이 아닐까요? 죽음은 고요를 잉태하고 있으니 말입니다. 그러면 현재적 삶은 죽음과 죽음을 잇는 과정이라는 말이 성립될 것 같습니다.

'섬은 그 가슴에 아무리 많은 돌을 얹어도 무너지지 않는다'고 한 어느 시인의 말이 새삼 생각납니다. 가라앉지 않으려고 애쓰지 않아도 의연한 것들. 아무리 가라앉으려 발버둥 쳐도 솟구치는 것들. 그런 것들처럼 살아남기, 혹은 살아 내기가 필요한 날들입니다.

가슴에 날을 세우고 기다리던 새벽. 밤의 언저리에 손톱자국을 내며 막막하게 생을 견디던 그 아득한 청춘의 한 시절이 새삼 그리워집니다.

절망과 눈 맞추기

고통과 눈 맞추기. 육화된 슬픔. 나이 사십이 될 때까지 나는 단지 칭얼거리는 아이에 불과했다는 생각이 듭니다. 고백하건데 나는 지금까지 전폭적으로 생의 고통이나 슬픔 혹은 절망에 복무하거나 그것들과 정면으로 눈을 마주치지 못했었던 것 같습니다.

타르코프스키(러시아의 영화감독)는 "예술은 이상을 육화시키는 것"이라 했는데 인간의 이상이란 무엇일까? 내가 어렸을 땐 어른이 되는 것이 내 꿈(이상)이었고, 어느 정도 어른이 되어서는 고통이나 절망 혹은 슬픔이 없는 생을 사는 것이었습니다. 다시 말하면 절망이 최소화된 생을 지향하는 것이 나의 이상이었다는 말이겠죠.

절망과 절망 사이를 포복하여 가로지른다는 것은 한 절망이 다른 절망의 정점까지 갔다 왔다는 얘기이기도 할 겁니다. 그러나 나는 아직 거기까지 가보지 못했습니다.

그래서 나는 아직도 꾸어 볼 꿈이 있지요 전폭적으로 거기까지 가 보는...

'조심, 접근금지'.

'접근 시 발포함'. 등등

길 위의 경고를 무시하며

나의 진화는

이 지상을 느리게 아주 느리게

산보하는 거야.

자기의 상처를 자신의 혀로 핥아 내는

쓸쓸한 가축들의 흰 발목에

마른풀들이 눕고

질주가 힘이라고 믿는 이 시대위로

분분히 낙엽이 질 때.

가끔씩 내가 나의 족보에 반항하듯

그렇게, 한때.

이 지상에서 나의 꿈은

푸른 초원을 느리게

아주 느리게 산보하는 거야.

— 졸시, 「프롱혼1)에게」 전문

---

1) 프롱혼: 포유류, 가지뿔 영양 혹은 가지뿔 산양이라고도 한다. 달리기는 매우 빨라서 시속 65km이며 최대 속력은 90km나 된다. 천적은 말승냥이, 여우, 코요테 등이며 아메리카 대륙에 주로 산다.

달콤한 사탕

아침에 여우 오줌만큼 비가 흩뿌렸습니다. 출근길에는 무지개도 보았지요. 그러나 마음이 편치 않은 출근길엔 그 아름다운 풍경이 제대로 보이지 않습니다. 내가 심기가 불편한 이유는 오래 가뭄이 들어 내 사는 곳에 며칠째 물이 나오지 않기 때문입니다. 내가 사는 이곳은 가파른 설악의 자락에 붙어 있어 비가와도 물을 오랫동안 가두어두지 못하고 바로 동해로 흘려보냅니다. 가끔 비가 많이 내리면 바닷물이 묽어져 근해에 고기들이 살지 못하는 경우도 있습니다.

급수차(정확히 말하면 소방차)가 저녁나절 한차례 왔다 가고 배급된 만큼의 물을 그릇이란 그릇에 채워 놓습니다. 이렇게 물이 부족하여 제한 급수를 하는 날엔 찜질방을 전전하며 밤을 지새우기도 합니다. 산업화가 급속도로 진행되기 전에는 이렇게 물이 부족하지는 않았을 텐데, 콘도니 온천이니 사우나장이니 호텔들이 들어차면서 이런 일이 벌어졌을 것입니다.

문명적 인간의 비애를 느끼는 며칠입니다. 문명이 망친 인류를 어떻게 회복시킬 수 있을까. 답은 없고 물음만 있지요. 문명이란 악마적 속성이 강해서 그 욕망이 끝이 없고 자신이 인류에 뿌린 재앙을 거두어들이지 않습니다. 미래의 재앙을 위해 우리는 지금 달콤한 사탕을 먹으며 만족하는 어린아이와 같을지도 모릅니다. 근본이나 문제의 본질에서 점점 멀어지고 있는 것이지요. 물론 근본이나 본질 이런 것들은 허구에 불과할지도 모르지만 그래도 인간을 행복으로 인도하는 허구라면 고민해볼 가치가 있는 것이 아닐까요.

집 주위를 걷다보니 참새 혀 같은 나뭇잎 몇 촉 세상구경을 나왔습니다. 목련도 피었고요. 4월에 피어야할 목련은 제 의지와 상관없이 3월에 피어서 어리둥절해 하는 모습입니다. 계절도 이미 병을 앓고 있고 전 지구적으로 들이닥치는 생태 위기감은 인간 삶의 하루하루를 아득하게 합니다.

두 개의 마을 풍경

학교 뒷마을로 산책을 갔다 옵니다.

야트막한 산을 사이에 두고 내가 근무하는 학교와 마을이 너무나 다른 풍경을 하고 있습니다. 내가 근무하는 학교 3층에서는 문암진 앞바다가 보이고 국도를 오가는 시내버스도 이따금 보입니다. 어떤 날은 수업을 하다 힐끔힐끔 지나가는 버스를 바라보면 나도 저 버스를 타고 어딘가로 가고 싶기도 합니다. 작은 산 너머에 있는 마을은 야산에 둘러 싸여 있어 너무도 아늑합니다.

경운기 몇 대가 농로를 천천히 달려가고 이 마을의 처마는 실핏줄 같은 길을 사이에 두고 이마를 맞댄 채 서 있습니다. 그 길 위에 서면 마치 촌로들의 숨소리가 들릴 듯합니다.

여러 갈래의 길 중 한 길을 택해서 끝까지 가봅니다. 그 길의 끝에는 정미소가 있습니다. 정미소 함석지붕 위에 넘어가는 햇살이 잠시 머뭅니다. 나는 마을 정미소를 생각하면 배가 부르기도 합니다. 추수한 쌀을 찧기 위해 온 동네 어른들이 하루 종일 줄을 서서 기다리던 곳. 먼지를 하얗게 뒤집어쓰고 겨는 겨대로 쌀알은 쌀알대로 쏟아 내던 그 기계는 참으로 신기하고 대단했지요.

길을 외돌아 반대편 길로 다시 가봅니다.

탱자나무 울타리를 한 집과 살구나무를 심어놓은 집과 고장 난 트랙터를 마당에 세워둔 집과 낡은 작업복을 빨랫줄에 내걸어 놓은 집과 대문을 굳게 닫아놓은 집과 반쯤 담이 헐린 집들이 있습니다. 어느 한 집 뒤뜰에는 목련 두 그루가 지금 막 겨울눈을 벗으며 꽃을 밀어올리고 있습니다. 그 작고 여린 꽃잎에도 오후의 햇살이 머뭅니다. 문득 '피고 짐이 다 고통이라'는 생각을 합니다.

뜬금없이 이 봄에는 분홍 편지지에 볼펜으로 꾹꾹 눌러 쓴 편지가 받고 싶다는 생각을 합니다. 목련이 지면 그 꽃잎 위에 몇 줄 슬픈 시를 쓰고 싶습니다.

가출과 소풍 사이

지평선이나 수평선까지 걸어갔다 오는 것은 일종의 가출일지도 모르겠습니다. 긴 둑방에 신발을 벗은 채 걷고 싶도록 푸르게 풀이 돋으면, 맨발로 수평선까지 소풍 갔다 오고 싶습니다. 가출과 소풍은 그래서 일정 정도는 닮아 있는지도 모르겠습니다.

가끔 이 나라의 제도권 교육을 받는 아이들은 억압과 협박과 타성에 내성이 생겨 더 강도 높은 억압과 통제를 기다리는 듯합니다. 무엇인가에 길들여지는 생은 어딘지 모르게 안타깝지요. 거칠지만 그러한 가운데 내면적 질서를 가진다면 참으로 아름다울 텐데, 어쩌면 나의 바람은 허구인 것 같기도 합니다.

그러나 허구의 희망을, 아니 허구의 희망만이라도 타인에게 감염시키는 것은 유쾌한 일입니다.

늙은 소나무에 기대어

장 그르니에가 "어쩔 수 없이 노동을 해야 살아갈 수밖에 없는 개인들에 대해서 사회는 너무나 잔인할 정도의 요구를 하고 있어서 그들의 유일한 희망은 병(病)에 걸리는 것이다."고 말한 것이 기억납니다. 노동은 분명 양면성을 가지고 있어서 늘 신성성과 힘겨움의 두 얼굴을 하고 있지요.

너무도 몸이 나른하여 하고 있던 노동을 팽개치고 잠시 솔숲을 산책합니다. 자신의 몸보다 더 무겁게 솔방울을 매달고 있는 소나무에 잠시 기대어 봅니다. 그리고 이런 생각도 보태어 봅니다. 인간은 가장 왕성한 한 때에 자식을 낳고 존재를 유전시키지만 소나무는 자신이 죽을 때를 기다려 가장 많은 솔방울을 맺는다는 것. 자신의 힘을 다 버리고 노동으로부터 멀리 있을 때 비로소 자연과 연대하는 그 고도의 비밀스러움에 경탄합니다.

늙은 소나무는 따뜻합니다. 이렇듯 늙은 것들에게서 위안과 온기를 느끼며 걷는 나의 산책은 일종의 병 앓기인지도 모르겠습니다. 이렇게 병을 앓으며 부조리한 세상에 대한 저항을 해소하고 있는지도 모를 일이지요.

가출하고 싶도록 푸른 날. 그리운 사람의 이름을 호명하며 은밀한 어떤 도시로 살짝 갔다 오고 싶은 날들이 있습니다.

생의 베이스캠프에 도킹하다

배가 항구에 닿는 것을 '도킹'이라 합니다. 배와 항구가 서로 만난다는 말이겠죠. 실로 오랜만에 친구가 기별을 하여 모월 모일 춘천에서 도킹하자고 합니다. 내내 도킹이라는 말을 맴돌리며 나도 친구도 다 세상을 왔다가는 배인가? 이런 생각도 해봅니다. 어쩌면 그럴지도 모를 일이지요. 그러면 우리가 발 딛고 사는 이 대지는 거대한 강물이나 바다쯤 되지 않을까 생각하니 기분이 좋아집니다. 다투어 걷지 않아도 되는 지상의 발걸음이란 얼마나 유려할까요.

그러나 한편 배들은 항구가 아니면 어디에 닿을 수 있을까? 항구가 아니면 닿을 곳이 없는 배들을 보면서 어떤 비애 같은 것도 생각해 봅니다. 배는 항구에 기대어 자신을 살지요. 거기서 소슬하게 늙어가고 자신이 최초로 닿았던 곳에서 자신의 생을 마감합니다. 그럴 때의 항구는 우울한 대지와도 같은 공간이 될 수도 있겠지요. 어딘가에 닿아야만 생을 안심할 수 있도록 운명 지워진 삶은 비극적 생존을 생래적으로 잉태하고 있는지도 모를 일입니다. 이렇게 '도킹'이라는 말이 유쾌함과 비애를 동시에 가져다주는 묘한 날입니다.

할머니와 고양이

학교 앞 구멍가게에 담배 사러 갑니다. 담배 가게 주인은 팔순의 할머니입니다. 당연히 나를 매혹시키지요. 허리는 반쯤 꼬부라져 그의 등에는 항상 묘지 한 기가 붙어 살이 된 듯한 모습입니다. 서너 평 정도의 가게에 방 한 칸 딸린 그런 오래된 집. 그 집에는 고양이 한 마리가 있습니다. 고양이는 근사한 목걸이를 하고 있습니다. 그는 노인의 먹거리와 비슷한 수준의 밥을 먹는 것도 같습니다. 행복한 고양이일 테죠. 밥통의 찬밥을 기웃거리며 고양이는 거만한 자세로 거드름을 피우며 밥을 먹는데 그모습은 너무 진지하여 마치 욕망과 몸과 행동이 하나로 육화된 듯합니다.

예전에 읽은 책의 어떤 내용 중 "짐승은 휴식에 열중하고 인간은 노동에 열중한다"는 말이 생각나는군요. 할머니는 설거지에 열중하고 고양이는 식사를 마친 뒤 다리를 앞으로 쭉 뻗고 잠을 청합니다. 나른한 오후입니다. 그런데 이상하게도 나는 이러한 풍경을 보면서 왜 그런지 핏빛 석양을 생각합니다. 한 낮의 최후와 한 밤의 최초가 대결하는 그 경계의 처절함이 붉게붉게 부딪치는 그런 모습 말입니다.

산에는 진달래가 더 높은 산으로 유전하고 있습니다. 그들의 거친 숨소리가 들립니다.

무화과를 읽다

세상의 향기는 사람의 발걸음을 멈추어 세웁니다. 그것이 좋은 향기든 고약한 향기든 간에 말입니다. 물론 향기의 좋고 나쁨을 판별하거나 받아들이는 것은 개인차가 있겠지만, 아무튼 좋은 향기는 오랫동안, 그렇지 않은 향기는 아주 잠깐. 그렇게 사람의 발걸음을 멈추게 합니다.

산수유 꽃 만개한 전라도의 어느 마을을 신문을 통해 봅니다. 그곳에 가 보고 싶은 마음 들끓어 넘치고 넘칩니다만 꽃피는 시절에 멀리까지 간다는 것은 내 밥벌이가 허락하지 않고, 내 주위에 피는 봄꽃들을 보면서 그 먼 곳의 꽃 들판을 상상해 볼 수밖에 없습니다. 인간은 자신의 좋은 기억을 반추하며 생을 살게 마련이라 어느 시절 겪었던 꽃 시절의 그 알싸한 향기를 추억하며 이 봄을 견딥니다. 문득 김지하의 '무화과'라는 시를 떠올려 봅니다.

내겐 꽃 시절이 없었어

꽃 없이 바로 열매 맺는 게

그게 무화과 아닌가

어떤가

친구는 손 뽑아 등 다스려 주며

이것 봐

열매 속에서 속꽃 피는 게

그게 무화과 아닌가

어떤가

—김지하, 「무화과」 부분

어느 날이 돌아갈 해인가?

대취하여 귀가하는 날이 잦습니다. 나의 별로 안 좋은 술버릇 중 하나는 술김에 이리저리 전화를 하는 것입니다. 술의 힘이 그리운 이름을 부르는 순간이지요. 그러나 자고 나면 그 호명의 시간을 후회하게 될 때가 많습니다.

불가에서는 다섯 가지의 지켜야할 계율이 있는데 일컬어 五戒라하지요. 그 중에 不飮酒가 있습니다. 술을 먹지 말라는 것이지요. 술을 마시면 지혜의 씨앗이 사라지기 때문이랍니다. 수행하는 사람이 지혜가 없다면 깨우칠 수가 없겠지요. 나 같은 중생이야 원래부터 지혜가 있었을 리 만무하지만, 그래도 술을 마시고 생을 황폐하게 몰아가는 것보다는 정신을 가늠할 정도로 마시고 생을 아끼며 돌보는 것이 필요할 것입니다.

어느 해 봄 산불 났던 자리에 진달래가 붉습니다. 벚꽃도 더러는 피었다 지고 양지쪽의 생들은 근질거리는 입을 주체할 수 없어 일찍 꽃피우나 봅니다. 양지가 생을 당겨 살게 하는 것이지요.

꽃피는 계절엔 보고픈 사람도 많습니다. 두보의 시 한편이 생각나는 봄입니다.

江碧鳥逾白	강이 푸르니 새는 더욱 희고,
山靑花欲然	산이 푸르니 꽃 빛이 불붙는 듯하다.
今春看又過	보건대 올봄이 또 지나가니,
何日是歸年	어느 날이 돌아갈 해인가?

—두보, 「絶句」 전문

쉬운 결정 늦은 후회

　가끔 삶은 메뉴를 가늠할 수 없이 먹는 풀코스 定食 같기도 합니다. 더 맛있는 음식이 나올까봐 처음엔 조금씩 먹다 배도 못 채웠는데 정해진 요리의 종류가 다 끝나거나, 아니면 뒤로 갈수록 더 맛없고 볼품없는 음식이 나오거나 그 반대의 경우도 종종 있기도 하지요. 이렇게 우리들 삶이란 한 순간에 결정을 해버리고 후회하거나 결정을 못하고 망설이다 또 후회를 하게 되는 것이지요.

　계절은 항상 나에게 일종의 열쇠인 셈입니다. 각각 다른 모양으로 내 몸에 열쇠를 꽂고 내 몸을 열어주죠. 우리가 세상에서 배운 모든 지식과 앎이라는 것이 사소하고 볼 품 없습니다. 저 피고 지는 꽃이나 바람 한 자락만도 못할지도 모릅니다. 결국 지식보다는 꽃과 바람과 풀들이 훨씬 더 크게 삶을 열어주는 것이

라 생각합니다. 망설일 필요 없이 피고 지는 꽃들에 생을 전폭적
으로 투신하는 삶은 결코 후회하지 않을 듯합니다.

엽서 81

이사에 대한 생각

참혹한 대지에서

내 눈물의 형식은 그 누구에게도 호소하지 못합니다.

내 눈물은 이미 매력을 상실한 천박한 어떤 것으로 변해버린 듯합니다.

물론 내 눈물이 진주가 되기를 바랐던 적은 없지만

그래도 검은 비닐봉지에 담겨 쓰레기처럼 취급되기를 바란 적은 없었지요.

내가 나에게 했던 맹세와 약속이 자꾸 어겨지고

이제 나는 나를 나에게서 더 멀리 세워놓아야겠습니다.

낡아빠진 눈물이여 맹세여,

임시 정거장에서 몇 대의 버스를 그냥 보내고

결국은 막차를 타고 가는 사람처럼 서러운 날들이 잦습니다.

이사에 대해 자주 생각하는 날입니다.

이사, 거처를 옮기는 일.

지상에서 최고의 이사는 가지고 가는 것이 아니라

한없이 버리고 가는 것이라는 생각을 합니다. 아니, 생각만 합
니다.

엽서 82

지상의 성소

수평선과 지평선과 들판이 온통 하나가 된 듯 보이는 흐린 날입니다. 어둡거나 흐리거나 이런 것들은 사물과 사물 사이 집과 집 사이의 경계를 무너뜨리는 것 같습니다. 그래서 어떤 때는 명확한 것 보다는 막연한 것들이 훨씬 편할 때가 있지요.

합리를 숭배하는 어떤 부류의 인간들은 인간과 인간 사이의 관계도 명확하게 규정되어지기를 바라지만 '명확'이라는 것은 정말 큰 오류인 것 같습니다. 사랑도 애증도 슬픔도 기쁨도 모두들 그렇게 흐린 날처럼 서로를 넘나들며 스미는 것이지요.

마음도 가라앉고 몸도 가라앉고 그리움도 가라앉고 지상에 무게를 가진 것들은 저 흐린 날과 함께 아주 낮게 가라앉습니다. 참으로 편안해 보입니다.

며칠 전 아주 지루한 결혼식 한 편에 낀 적이 있습니다. 어떤 종교의 성소에서 치르는 결혼식 행사는 내가 생각하기에 너무 엄숙하여 몸 둘 바를 모를 지경이었습니다. 나는 거짓으로 얼마동안 하객석에서 앉았다 섰다를 반복하다 슬그머니 밖으로 나왔습니다. 그 후로도 오랫동안 예식은 계속 되었습니다. 몇몇 무신론자들은 일찌감치 마당에 나와 담배를 피거나 잡담을 하고 할머니 할아버지들은 마당 옆 벚나무 아래 쭈그리고 앉아 해바라기를 합니다. 모두들 구제받고 구제해야할 영혼들이건만 그저 가련할 뿐입니다. 그곳을 벗어난 나는 예식이 벌어지는 성소 반대편 2층 다방에서 커피를 마시며 결혼식이 끝날 때까지 앉아 엄숙에도 발랄에도 끼지 못하는 나를 들여다봅니다. 어떤 집단의 분명한 형식 때문에 여러 사람이 밖에서 서성대는 날이었습니다.

타자의 사생활에 대한 상상

국도 위에서 죽은 고양이. 이미 너덜너덜해진 그 참혹한 주검을 보면서 지상의 죽음이라는 것은 모두 남의 일이라고 생각한 적이 있습니다. 그러나 그러한 죽음이 너무 사소해서 금방 잊곤 하지요.

어떤 때는 고양이 이외의 짐승들 주검도 보게 됩니다. 물론 그때도 나는 괴로워하거나 심각해 하지 않습니다. 그러나 이 지상에서의 타자의 고통이 마치 나의 것인 것처럼 생각되어질 때, 내 중심으로만 타인을 바라본다는 것이 얼마나 부끄럽고 초라한 것인지를 알게 됩니다.

긴 담벼락을 걸으며 담 안에 있을 내밀하고 신비스러운 일과 존재들을 생각해 봅니다. 그때 담벼락은 내 건조한 사유를 촉촉하게 해줍니다. 담 안에 있는 타자의 사생활에 대한 내밀한 상상과 동경이 나를 살찌우는 순간이지요.

가을, 서늘한 노래

참아도 참아도 가을이라는 말엔 뭔가 서늘함이 지나가는 듯합니다. 이것도 일종의 중독이겠지요. 그래도 무엇엔가 중독된다는 것은 괜찮은 일인 듯싶습니다. 마약, 여자, 술, 집, 바람, 불, 그리고 온 밤을 울어대는 짐승 혹은 곤충들의 울음에 중독되어 생을 망치는 것도 멋없지는 않을 듯합니다.

가을은 소리와 色의 계절입니다. 가을에 소리를 내어 우는 것들은 이미 득음의 경지에 이른 것들입니다. 그리고 나무는 자신이 가장 아껴두었던 색을 꺼내 자신을 인간들 앞에 다시 소개합니다.

나는 가을 나무의 소개를 받을 자신이 없습니다. 나는 아껴둔 것이 없고, 지금까지 소리 내어 울었지만 득음의 경지에 이르지 못했습니다. 그래서 나의 귀가는 극기 훈련하는 병사들처럼 숨이 찹니다. 숨이 내 몸을 다 빠져나갈 것 같습니다.

　가을은 색과 소리의 계절. 자신을 가꿀 줄 아는 사람들은 이 기회를 놓치지 않고 가장 자신 있는 소리로 노래를 부를 것입니다. 서늘한 노래! 서늘하게 저편에 닿는 노래를.

거울

꽃 피었던 자리에 잎이 핍니다. 저렇게 꽃 피우고 꽃 지우고 잎 피우고 잎 지우는 한 그루 나무를 보며 나는 내 욕망과 마주 칩니다. 그리고 나와 화합하지 못했던 모진 시간도 만납니다. 지 금껏 내가 만난 자연이라는 것은 자연 그 자체가 아니라 나를 투사한 그 표피쯤 되는 것 같습니다. 미리 내 욕망의 약도를 그려 놓고 만난 셈이지요, 어쩌면 이것은 사람을 만날 때도 그러했는 지 모를 일입니다. 인간의 본질과 마주치기! 이것은 늙은 닭이 마당을 가로질러 걸어가다 다른 늙은 닭을 만나는 것처럼 피하 고 싶은 일인지도 모르겠습니다.

나목에 빨래를 걸다

학교 정원에 나이가 꽤 들어 보이는 나무 몇 그루가 있는데 그 중 유독 내 눈길을 막아서는 한 그루 나무가 있습니다. 그 나무는 박수근의 그림 〈나목〉과 굉장히 닮아 있습니다. 나무에서 박수근의 가난과 열정을 보는 것 같습니다. 요즘 잎이 나기 시작했는데 잎이 피었어도 다른 나무처럼 요란하거나 줄기를 가릴 정도로 많지 않습니다. 그 모습은 꼭 치열하게 생을 살다간 한 영혼의 마른 줄기 같아 보입니다. 3층쯤에서 그 나무를 내려다보며 어떤 때는 그 굵고 거친 가지에 흰 빨래를 내다 걸고 싶어지기도 합니다. 한번쯤은 내 체온을 간직했었을 그 빨래를 말입니다. 온 몸에 얼룩을 다 빼고 볕들을 받아내며 유쾌하게 펄럭이는 그런 빨래들을.

절대자유쯤은 아니더라도

먼지가 심하게 날리는 운동장에서 아이들 체력검사를 합니다. 검사는 학생들의 체력을 정확하게 측정하는 기회나 의미는 없고 그냥 건성건성입니다. 검사 종목은 70년대나 지금이나 거의 변한 게 없고 도리어 진지함은 많이 떨어지고 있지요. 이런 현상은 거의 대부분 학교와 이 시대의 현상이겠지만 말입니다.

바람에 날리는 먼지를 피해 아이들은 이리저리 뛰어다니고 몇몇은 구식 창고 뒤편에서 담배를 피우다 잡혀오고, 또 몇몇은 땡땡이(무단 결과)치고, 아이들은 5월의 날씨만큼이나 종잡을 수 없습니다. 프랑스의 어떤 철학자는 '절대자유를 외치고 대양(大洋)으로 나가 죽었다'는데, 저들에게 절대 자유는 아니더라도 자유의지는 어느 정도 주어야 할 텐데 그건 참 요원한 일인 듯싶습니다.

바람이 심하게 붑니다.

여린 수양버드나무 꽃가루와 잔가지가 교정에 이리저리 날아다닙니다. 종례 끝나고 아이들 돌아간 빈 운동장이 너무 커서 마치 고해(苦海) 같습니다. 그러나 내일이면 그들은 또 그 고해의 바다를 헤엄쳐 왔다 다시 헤엄쳐 갈 것입니다.

불안의 자리를 다시보다

산불 감시 요원의 눈을 간신히 피해 오르는 산은 그런대로 묘미가 있습니다. 산 아래 동네에선 이미 져버린 꽃들이 이제 막 피기 시작하는 산 중턱, 아직도 꽃망울을 터뜨리지 못한 채 때를 기다리는 꽃나무들. 저렇게 산은 때를 기다려 자신의 품속에 있는 물생들에게 하나씩 거기에 걸 맞는 외연을 달아 줍니다.

중간중간 길이 끊겨 새롭게 길을 내며 가다 어떤 때는 영영 길을 잘못 들어 정상을 코앞에 두고 하산을 하는 경우도 있지요. 애초부터 정상에 올라야 한다는 생각을 갖지 않으면 서운함이나 그와 유사한 감정은 생기지 않습니다.

이른 봄 아직도 눈이 듬성듬성 남아 있는 정상 부근의 계곡 쪽으로 길을 틀어잡고 하산하는 길. 아직 물 마른 계곡은 자신의 몸속에 물을 깊이 감추며 흐릅니다. 가끔 길을 잘못 들어 불안한 마음도 저 속으로 흐르는 계곡물처럼 깊어집니다.

산에서 길을 잃어 마음은 바쁘고 몸은 경황없고 머리 속이 하얘지는 경험을 한 적 있는지요? 길을 잃어 버려 돌고 돌고 돌고 돌아 마침내 산 아래 사람의 마을을 발견하는 순간, 그 순간은 눈물이 핑 돌기도 하지요. 그 때 산정에서 바라보는 인간의 마을은 참으로 따스합니다.

다시 꽃 진 자리로 내려와 앉아 하루를 걸었던 산을 쳐다보는 다음날. 어제 길을 잃고 내 생의 불안을 묻었던 자리들을 바라다보면 아슴하니 그 산이 그리워지기도 합니다.

생을 전전긍긍하다

전전긍긍(戰戰兢兢) 여림심연(如臨深淵) 여리박빙(如履薄氷)!

『詩經』에 나오는 구절인데, '두려워하고 조심하여, 깊은 못에 임하듯이 하며, 살얼음을 밟듯이 한다'. 인간이 사물의 본질까지 내려가 그 심연까지 보려면 이렇게 해야 한다는 뜻이지요, 본질 혹은 사물의 이면에 다다르기 위한 이 정밀한 정성스러움을 생 각해 보는 날입니다.

살얼음을 밟듯 걷는 하루하루! 부디 그 얼음이 깨지지 않기를 바랄 뿐입니다.

그러나 발끝까지 곤두세운 신경은 마침내 병을 앓습니다. 앓 고 맙니다.

엽서 90

간신히 아주 간신히

점심을 먹고 오후 시간이 여유가 있을 때 가끔은 포구에 나가 봅니다. 방파제 위에서 바라 본 큰 바다 쪽과 항구 쪽이 서로 다른 모습을 하고 있습니다. 나의 막막함이 물살에 굴절되어 일그러지고 그 일그러진 모습으로 파도의 입새에서 톳이며 김을 씻는 아주머니를 봅니다. 챙이 큰 모자를 눌러 쓰고 낡은 방한복을 입은 모습이 내 몸에 오래 각인됩니다.

포구 쪽에서는 늦은 점심을 시켜 먹는 뱃사람들이 몇 명 둥글게 앉아 있는 모습이 보입니다. 그들의 점심 메뉴는 알 수 없지만 바람 부는 포구에서 먹는 점심은 안간힘을 쓰게 할 거라는 생각을 합니다.

바위 쪽으로 발길을 옮겨 걸어 봅니다. 움푹 패인 바위에는 바닷물이 머물렀던 흔적이 소금기로 남아 허옇게 변해 있습니다.

그 흔적을 손톱으로 긁어 핥아 봅니다. 짠맛과 비린 맛이 엉켜 있습니다. 그리고 톳을 씻는 여인과 점심을 먹는 뱃사람과 내가 또 엉켜서 무슨 맛을 내려합니다. 그러나 무슨 맛일지는 잘 모르 겠습니다.

　포구를 벗어나며 한 벽에 페인트용 붓으로 상호를 쓴 '조개 슈퍼'라는 구멍가게에서 담배 한 갑을 사서 성급히 뜯어 뭅니다. 바람이 라이타 불을 자꾸 꺼뜨립니다. 그럴 때는 간신히 아주 간 신히 내 몸을 지탱하며 포구를 빠져 나옵니다.

흰 나비가 등장하는 옛날 얘기

어릴 때 따스한 봄날이면 할머니는 손자들을 앉혀놓고 이렇게 말씀하셨지요.

봄날 처음으로 흰나비를 보면 그 집안에 흉사가 있을 거고 노랑나비를 보면 길한 일이 있을 거라고. 그러나 그 시절은 그 말을 믿지 않으려고 갖은 애를 썼었지요. 하지만 봄마다 내 앞에는 노랑나비보다는 흰나비가 몇 배나 자주 나타났지요, 그때 나는 세상의 노랑나비들은 이 세상이 아닌 다른 세상으로 소풍을 갔을 거라 생각했었습니다. 흰나비를 처음 본 그 해 봄은 그렇게 두려운 마음과 함께 지나갔었지요.

햇살 좋은 봄날 큰애와 같이 등산을 합니다. 내설악에 있는 12선녀탕이라는 곳에 앉아 쉬는데 아이는 세상에 선녀가 어디에 있느냐며 따지듯 나에게 말합니다. 나는 그러면 선녀가 없다고 믿는 세상은 얼마나 재미없겠느냐고 딸에게 말했죠. 그랬더니 아이는 금방 그래 그럼 없는 것 보다는 있는 게 더 좋겠다고 합니다. 슬그머니 아이에게 내 어릴 적 할머니가 들려주신 전설과 신화를 들려줍니다. 흰나비와 노랑나비 얘기도 곁들여서 말입니다.

노랑나비와 흰나비를 한꺼번에 본 그런 날은 참으로 행복합니다.

사라지는 것들

무작정 어떤 곳에 와 묵는 하룻밤, 그 밤은 설렘으로 가득합니다. 사람들이 이 땅의 오지하면 떠올리는 지명 중의 하나는 '정선'이라는 곳일 겁니다. 그 정선에서도 몇 십리를 더 들어가 구절리라는 곳에서 맞는 밤. 긴긴 침묵을 껴안고 하룻밤 잠을 청합니다.

아침에 일어나니 간밤에 내린 비로 대지가 촉촉이 젖어 있습니다. 한껏 푸르러진 집 앞 동산을 보니 간절하게 비를 기다렸던 나무들이 자신의 소망을 이룬 성취감에 더욱 푸르른 자태를 드러냅니다.

정선군 구절리에 와서 폐광, 폐경 이런 말들을 떠올려 봅니다. 구절리에서 사북까지 역무원들 떠나간 자리에서 바라 본 출입문은 폐경기의 여자처럼 처연해 보였습니다. 그 열린 문 쪽으로 바람이 드나들며 신호를 보내지만 생식능력을 상실한 한 인간의 비애를 그 역사도 똑같이 갖고 있는 듯했습니다.

나는 발기하지 않는 무능한 몸으로 출입문을 빠져나가 예전 개찰구가 있었던 곳을 지나 레일 쪽으로 나가봅니다. 녹슨 레일 위로 꽃잎이 떨어지고 떨어진 꽃잎은 자신의 뿌리보다 멀리 꽃 잎들 날리고 있습니다. 자신의 처소를 버리고 그것들도 더 멀리 가고 싶었는가 봅니다. 그 풍경들은 퇴락한 역이 나에게 차려 준 최고의 성찬이라 생각해 봅니다. 그리운 사람과 이 풍경을 같이 한다면 살며시 손을 잡고 싶어도 망설이기만할 것 같습니다.

역을 나오는데 기억 속에 각인 되는 것들은 시간에 복종하는 폐역사 사무실, 흐트러진 서류 뭉치들, 굳게 잠긴 순찰함, 먼지 낀 우편함, 사무실 책상들, 푹신한 의자에 귀찮은 듯 앉아 부하를 다루었을 역장과 거기에 복종하며 내면적 저항을 키웠을 하급 직원의 모습, 그런 것들입니다.

엽서 93

빈 방

늦가을 언젠가 학교 담장 부근을 산책하다가 목련 나무 아래 떨어져 있는 씨방 한 송이를 가져온 적이 있습니다. 그리고 그것을 내 책상 위에 놓고 몇 날을 바라봅니다. 그런데 시간이 지날수록 그 방은 흉측할 정도로 찌그러지고 말라 비틀어져 스스로 방을 파괴하고 있는 것처럼 보입니다. 물론 씨들이 다 빠져나간 빈 방이긴 하지만 그 변화하는 모습이 충격적입니다. 자식들 빠져나간 집들이 저러한 형상을 하겠구나 생각하니 오래전 나이든 어머니의 망연한 눈 속을 들여다보는 것처럼 마음 한 구석이 싸합니다.

멀리 푸른 하늘 한 켠으로 새떼들이 날아갑니다. 마치 모기들이 바람에 휩쓸리듯 그렇게 날아갑니다. 이런 날은 인간 하나를 인간밖에 세워두고 비인간적이고 싶습니다.

오래된 습관

입춘이 지난 지 며칠이 지났는데도 느닷없는 추위가 냉방에 찾아옵니다. 이렇게 느닷없는 날에는 오래된 것들, 혹은 너무 오래되어서 낡아빠진 것들이 생각나기도 하고, 부재하는 것들의 그 막막함 속에 담기는 사소한 것들도 생각하게 됩니다.

나는 이런 막막한 것들이 엄습하는 날엔 바람 부는 시장에 가서 좌판의 생선을 보는 습관이 있습니다. 이제는 더 이상 잃을 것도 얻을 것도 없는 생선의 눈알을 유심히 바라보기도하고 그 눈에 비치는 내 눈도 바라보게 되는 것입니다. 분명 저들도 푸른 바다를 노닐 때는 긴장과 욕망의 빛나는 눈을 가졌을 테고, 내 젊은 시절 또한 그러했겠지만 문득 나이가 든다는 것은 어쩌면 그 생의 원초적인 것으로 한 걸음씩 다가가고 있는 것이 아닌가 이런 생각을 해보게 되는 것입니다.

수천 년을 나이 먹은 돌들도 물속에 담긴 자신의 발을 꺼내 제 나이를 거슬러 어디론가 가고 싶기도 할 것이고, 떨어지는 꽃들도 꽃이 져오는 그 반대의 길을 다시 걷고 싶어 안달일지도 모를 일입니다. 그렇게 원초적인 것과 원초적인 것이 훼손된 막막한 공간에 내 삶을 포개며 이렇게 나는 나에게 혹은 내 몸에게 말하곤 합니다.

'제발 몸이여, 몸이여 내 마음을 비껴가지 말아다오.'

꽃과 비석

　나는 묘지나 어떤 유적지를 지날 때 거기에 세워진 비문 읽기를 좋아하는데, 어떤 경우엔 그 비문에서 희망을 읽기 때문입니다. 그러나 비문들 중 몇몇 개는 나의 기대를 한꺼번에 무너뜨리기도 하지요. 내가 비문 읽기를 좋아하는 이유는 거기에서 사라진 육체의 증거를 조금이나마 엿볼 수 있기 때문이지요. 그러나 그것이 공적비일 경우는 매력이 떨어집니다. 인간의 유한한 공적을 신비화 시키는 억지스러운 꼴이 마음에 들지 않기 때문입니다.

　큰물에 씻겨 속살 훤하게 드러난 길. 간간이 길의 응어리들이 바퀴를 툭툭 치고 올라오는 것을 느끼며 오르거나 내려오는 너무나도 오래된 길. 그 응어리 진 길을 밝히며 흔들리는 싸리꽃 무덤들. 이러한 풍경들은 인위적이지 않은 신비로움 그 차체입니다.

　날이 서서히 저물어 귀가하는 길 양희은이 부른 〈찔레꽃〉이라는 노래를 낮게 중얼거려 봅니다. "엄마 일 가는 길에 하얀 찔레꽃/ 찔레꽃 향기는 맛도 좋지// 배고픈 날 가만히 따 먹었다오/ 엄마 엄마 부르며 따 먹었다오." 끝내 싸리꽃 있던 자리를 응시하던 눈엔 얼룩이 짙게 남습니다.

모두 마음 탓이다

나는 가끔 바다가 바라다 보이는 언덕에 앉아 오랫동안 해안과 수평선을 번갈아 보기를 즐기는데, 어떤 날은 바다가 흔들리고 어떤 날은 내가 흔들립니다. 어떤 날은 포구의 집들이 흔들리고 또 어떤 날은 포구를 걷는 사람이 흔들립니다.

문득 당나라 육조 혜능의 법문이 떠오릅니다. '때마침 바람이 불어 바람이 흔들리는지 깃발이 흔들리는지를 두고 두 명의 중이 다투고 있었'는데 이것을 듣고 있던 혜능 스님은 "바람이 흔들리는 것도 아니고 깃발이 흔들리는 것도 아니고 당신들 마음이 흔들리는 것이다." 라는 그 말, 이 법문 한 줄이 흔들리는 집들과 생각들을 떠받칩니다.

외투에 소리를 내며 닿던 비가 그치고 다시 싸늘히 추워집니다.

엽서 97

아름다운 굴복

비 온 뒤의 어떤 맑은 날은 공기들이 너무 가벼워져서 지구의 밖으로 다 날아가 버릴 것 같습니다. 텅 빈 지구를 상상해보는 일이란 참으로 즐겁기까지 합니다. 이러한 생각은 꿈에 가까운 것이고 무엇인가 불편한 생을 가지고 있는 인간들은 항상 그 꿈에 굴복하게 되는 것이지요. 그럴 때의 굴복은 아름답기까지 합니다.

나의 이 좁고 누추한 내 생의 공간에 神性을 솟구치며…,

나와 내 곁의 모든 생의 힘겨움이 봉인되고 기쁘고 즐거운 삶이 지속되었으면 좋겠습니다. 즐거웠던 생의 한 때를 추억하며 나날의 삶을 건너가고 싶습니다. 한껏 가벼워진 공기들처럼 지구 밖으로 지구 밖으로 키득거리며.

낮술

    비는 내리고 날씨는 춥습니다. 그러고 보니 내 이야기의 시작은 날씨에 관한 이야기로 시작하는 것이 많습니다. 장자가 그랬던가요? '날씨를 탓하는 인간은 가장 어리석은 인간이다'라고. 하지만 눈 뜨면 제일 앞자리에 그날의 날씨가 와 있으니 무시할 수도 없는 일입니다.

    이 비는 깡마른 대지에 하루 종일 젖을 물리며 마치 칭얼대는 아이 달래듯 땅에 닿습니다.

    방목했던 내 생각들도 이 비를 맞으며 조금 더 촉촉해졌으면 하는 소망을 은근히 가져보기도 합니다. 오랜만에 내리는 비조차 드러내놓고 맘껏 맞을 수 없는 것을 보면 나는 죄가 많은 한 인간인 듯도 합니다. 이 죄 많은 인간은 큰 길 가 가로수 밑을 조심조심 걸어 어둡기 전에 집에 닿으려 조바심을 냅니다.

내가 사는 동해 북방은 4월 무시무시한 바람이 불어 가볍고 경박한 생들을 하염없이 위협합니다. 이렇게 흉포하게 바람이 부는 오후는 바다에 나가고 싶어 안달입니다. 고약한 병을 앓고 있는 것이지요. 마침 박용하 시인이 항구에 도킹했다는 연락이 옵니다. 그와 함께 낮술을 마시고 가슴에 초록빛 들 때까지 포구에 앉아 있을 생각을 하니 벌써부터 불콰해집니다. 아아! 그 낮술의 매력. 그리고 수평선까지 걸어갈 생각에 흐뭇해집니다.

흐르는 물처럼

　바닷가 민박집 처마에 매단 명태가 비를 맞습니다. 고기들은 하나같이 머리를 하늘 쪽으로 향한 채 목매고 있습니다. 물렁한 살을 모두 굳은살로 바꾸며 또 다른 몸을 얻는 저들의 눈알을 들여다봅니다. 눈알도 살처럼 굳어서 화석이된 오! 마침내 몸으로 완성한 말들. 나는 굳은 혀를 움직여 세속화된 신념을 하나씩 뱉어냅니다. 탁탁 목에 걸리는 것들이 신물과 함께 올라옵니다.

　세상의 구름들이 죄다 동해로 몰려 온 듯, 아직도 걷히지 않은 구름 밑에서 편지를 씁니다. 수시로 전기가 나갔다 들어오니 컴퓨터 작업하던 내용이 지워집니다. 지금까지 써놓았던 글이 날아가는 것도 그 글의 운명이라 생각하면 그리 속상할 일도 아닙니다. 그래서 어떤 때는 복구하려고 애쓰지도 않고 태연하게 앉아 있습니다.

　노자가 "상선약수(上善若水)"라 했던가요. 흐르는 물처럼 그렇게 한 생이 오고 갔으면 좋겠습니다.

절정에서 죽다

프랑스의 작가 '로맹가리'는 『새들은 페루에 가서 죽다』라는 소설을 썼습니다.

왜 새들은 페루에 가서 죽을까? 잘은 모르지만 그 곳은 삶의 최후를 바쳐도 후회하지 않을 곳이기 때문일 것입니다. 후회 없는 영혼의 안식처, 자신의 배설물로 만든 섬(구아노석)에 자신의 몸을 바치며 신성하게 죽어 가는 페루의 새들을 생각하는 날입니다.

물론 이 소설에서 새들은 왜 페루에서 죽는지 말하고 있지 않지만 주인공들의 대화에서 "무슨 이유가 있을거야"라는 긴긴 여운과 울림을 얻게 되지요. 하지만 나는 태평양의 난바다를 간신히 건넌 것들만이 자신의 무덤에 이를 수 있다는, 처절하고 쓸쓸하지만 마침내 황홀할 것들을 생각합니다.

흐린 오후 정선 몰운대(沒雲臺)를 생각하다 갑자기 페루를 생각 합니다. 구름이 몰락하는 곳, 그곳을 지키고 있던 늙은 소나무도 자신의 육신은 벼랑 끝에 세워두고 영혼은 이미 절벽 아래로 뛰어 내려 강물을 따라 흘러가버린 곳. 세상의 몰락하는 것들을 받으려고, 받아내려고 절벽 아래의 강물은 자신의 몸을 닫지 못한 채 세월만큼이나 가늘고 길게 누워 있습니다.

구름은 왜 여기에서 자신의 생을 마칠까. 벼랑 끝 진달래 붉게 핀 바위에 서서 이미 몰락했거나 아직 몰락하지 않은 구름을 보며 가파른 길을 헐떡이며 가는 지상의 한 사내를 떠올려봅니다. 페루와 정선은 절정을 안아 내는 그런 곳인 듯싶습니다.

길

세상의 길은 추억의 무한 저장고이며 생의 주술이 날숨 쉬는 곳.

엽서 101

넉넉한 곁

봄날 주말엔 씨 뿌리며 하루를 보내는 날이 많습니다.

저 작은 씨앗들 무성하게 생을 피워 올리라고 따박따박 묻어 줍니다. 옛날 선인들은 씨앗을 꼭 서너 개씩 묻었다 합니다. 하나는 새들이 먹고 하나는 땅속벌레들이 먹고 마지막 하나는 인간이 먹으라고. 뭇 생들까지 생각하며 농사짓는 그 마음에 가까이 다가가려고 나도 세 개씩 묻습니다만 아무래도 넉넉한 農心 에는 미치지 못하겠지요.

세상의 모든 곡식들은 주인의 발자국 소리를 듣고 자란다는데 선무당처럼 밭고랑을 건너뛰며 내 발걸음이 거름이 되고 음악이 되어 곡식과 채마에 들 수 있기를 바라봅니다.

포구에서의 하룻밤

동해에 있는 '한섬' 포구 언덕 위 카페에서 식은 커피를 마시며 나와 마주 서 보는 날입니다. 바다의 먼 곳에서부터 어둠이 밀려와 내가 앉아 있는 곳까지 왔을 때 비로소 사람의 집 지붕을 비추던 가로등 몇 개. 슬퍼서 눈물이 날 것 같은 눈동자를 자꾸 굴리며 나는 세상에 부끄럽지 않으려고 얼마나 부질없이 애썼던가를 생각합니다.

조동진이 부르는 〈행복한 사람〉이 어두워져가는 언덕으로 내려가고 내가 서있던 곳에서 아주 먼 곳까지 동해는 일시에 어두워집니다. 어둠을 주머니에 구겨 넣으며 휘어진 길을 돌아 나올 때 나는 느닷없이 벼랑에 서있다는 막연한 느낌을 갖기도 합니다. 그리고 다시 황혼이 질 때 나는 긴긴 엽서를 사랑하는 사람에게 쓰고 싶었습니다.

천천히 걷고 싶었지만 내 발걸음이 너무 멋쩍어 빨리 걸으려고도 했지요, 그리고 가파른 언덕과, 언덕과 바다 사이 지붕 낮은 집과 그 집들의 속삭임을 비껴가는 청춘의 무모함을 얼마나 외면하고 싶었던지요.

그러나 나는 아직 내 떠도는 생에 마침표를 찍지 않습니다, 내가 머문 자리마다 반짝이는 쉼표만을 남겨두고자 합니다. 절벽에 서면 부질없고 막연한 생각이 많아집니다.

타관에서 문득 달력을 보니 어린이날이 코앞에 와 있습니다, 나는 이미 아이로부터, 그리고 노래로부터 너무 멀리 떠나와 있지만 휴일이니까 그저 기다려집니다. 이제는 멀리 서 있는 유년을 아득하게 불러보는 것도 괜찮을 듯합니다.

막막한 생을 견디게 하는 것들

지구의 계절은 영묘해서 철마다 다른 꽃들을 지상으로 보냅니다. 지상에 온 꽃들은 우주의 이야기를 전하러 오는 전령사인 듯도 합니다.

새로운 이야기를 전하러 급하게 오는 놈들과 서서히 흐느적거리며 오는 것들. 저녁 산책길에 훅 내 쪽으로 불어오던 아카시아 향기에 손목 잡혀 눈을 들어 멀리까지 가보았습니다. 지천에 가득한 아카시아 그 흰 꽃들. 나는 한 때 꽃그늘 아래 나의 생의 한 때를 비밀스레 묻어둔 적이 있습니다. 그 생들이 자라 무성하게 꽃을 피우길 간절히 소망했지요.

그러나 이듬해 봄 돌로 눌러 놓았던 생의 자리를 들추면 시꺼먼 유충들, 나비가 되어 날아가지 못한 유충들의 주검이 가득하곤 했지요. 그래도 유충의 주검에 눈 맞추다 꽃그늘 아래 누우면 내가 가고 싶었던 미지의 그 멀리까지 갈 수 있었습니다. 더듬거리지 않고 일시에 가 보는 미지. 꽃그늘 아래 누우면 아득한 저쪽까지 갈 수 있었습니다.

해당화가 피는 계절은 소설 쓰는 친구 김도연과 함께 보냈던 바닷가 민박집이 그리워집니다. 해당화 피는 해변을 걸어 자장면 먹으러가던 길. 모래밭에 뿌리박고 평생을 피었다 지며 폐허를 빛내는 해당화. 일부러 해당화 가시에 손가락을 찔리며 킬킬거리던, 팅팅 불은 면발처럼 서로 말이 끊기던 청춘의 시절이 유행에서 소외된 생의 막막함을 견디게 합니다.

어떤 밤

이런 밤이 있습니다. 자작나무 흰 수액에 닿고 싶은,

달빛에 달디 단 젖을 물리며 흔들리는 나무 한 그루 만나고 싶을 때가 있습니다.

그런 밤에는 바람이 적당히 불고 국도의 집들은 일찍 불을 끕니다.

오오! 그렇게 흰 밤은 쓸쓸해도 참을 만하겠습니다.

물을 마시면 나무의 푸른 정맥이 출렁거리는

혈관마다 바람이 들어 숭숭 내 삶이 헐거워지는 그런,

이런 밤엔 몇 통의 편지를 쓰며 늦게 아주 늦게 잠들어도 좋겠습니다.

일주문 밖에서

아직, 아직

일주문 밖은 푸르고

일주문 안은 겨울 빛으로 검은데

얼마나 세차게 죽비로

앞산을 내리쳤으면

어깨가 아프도록 푸르른가

푸르게 멍드는가.

　　　　　　　　—졸시, 「봄 산, 죽비 소리」 전문

　불교의 경전 중에 유마경이라는 경전이 있습니다. 어느 날 유
마가 병이 들어 자리에 눕게 되었는데 부처가 자기의 제자들에
게 문병을 갔다 오라고 했습니다. 그러나 다른 제자들은 감히 가

려 하지 않아 문수보살이 가게 되었습니다. 문병을 간 문수보살이 빨리 회복해서 일어나시라고 하니, 유마는 "세상의 중생을 다 구제할 때까지는 일어나지 않겠다"고 했답니다. 중생이 아프기 때문에 나도 아프다는 것이지요. 그리고 유마는 침묵으로써 불가언불가설(不可言不可說)의 뜻을 표현했답니다. 인간적이어서, 너무나 인간적이어서 왈칵 눈물이 쏟아질 것 같습니다.

바람에 영혼을 적신 사람

정든 것들이 떠나간다는 것은 얼마나 많은 고통의 나이가 지나가는 것인지, 바퀴에 흙도 털어내지 못하고 서있는 늙은 경운기를 보며 그런저런 생각을 하게 됩니다. 그러나 그 바퀴가 지나간 자리는 모두 풍년이 들겠지 라는 희망도 가져보게 되는 것이지요.

아이들을 데리고 수학여행 갑니다. 낯선 곳에서의 4일. 학창시절 수학여행 갔던 생각이 새삼 떠오릅니다. 세상의 금기를 다 깨고 싶던 여행. 처음 마셔보는 술과 사내들 끼리 집단으로 자는 잠. 잠은 오지 않고 카세트테이프가 몇 번 돌아가다 나중에는 늘어지는 소리를 내던 밤. 선생님들의 호루라기는 밤새 삑삑대고 야속하게도 시간은 빨리 흘렀죠.

"긴 여행에서 돌아온 자는 거짓말을 해도 좋다"라고 베르그송이라는 철학자가 말했던가요? 또, 어떤 이는 "바람에 영혼을 적신 사람은 삶을 속일 수 없다"그랬던가요? 이 말들은 모두 그만큼 깊이 생을 성찰한 자에게만 허용될 수 있는 말이겠지요.

모두 다 사라진 것은 아닌 달

보통 우리의 인사말은 "안녕하세요?"나 "잘 지내고 계시지요?"라고 묻는 것이지요. 나는 문득 왜 우리는 이런 인사말밖에 못할까. 좀 더 멋있는 인사를 해야 할 텐데. 어떤 말이 멋지고 아름다운 인사말일까. 고민해 봅니다. 가령 "꽃이 피었습니다"라든지, "노을이 장엄하군요", "세월을 다 써버렸군요" 등등, 계절과 시간과 상황에 따라 다른 말로 인사를 건네 보면 어떨런지요.

인디언들은 얼마나 멋진 이름과 계절명과 江명을 가지고 있던 가요. 이름도 "빨간 윗도리, 검은 주전자, 빗속을 걷다, 늙은 옥수수수염, 많은 발걸음, 하늘을 걷는 자, 쳐다보는 말, 구르는 천둥, 느린 거북" 등등 그리고 강을 명명하는 것을 보면 우리들 명명법이 얼마나 초라한가를 생각하게 됩니다. "모두 사라진 나무 샛강, 자살하고픈 샛강, 갈라진 발가락 샛강, 새벽으로 만든 강, 현자의 작은 강, 마음을 비추는 강, 사슴의 눈 강"등 이처럼 강에 멋진 이름을 붙여 부르는 종족이 지구상에 또 있었던가요? 또한 그들이 계절을 명명하는 것을 보면 그들의 사물을 꿰뚫어 보는 심안에 놀라움을 금할 수 없습니다. 각 부족마다 계절을 명명하는 말이 다르지만 말(言)없이도 서로 통하는데 아무 불편이 없었던 인간들, 어찌 보면 그들이 가장 고등한 인간의 정점인지도 모릅니다.

아리카라 족은 1월을 "마음 깊은 곳에 머무는 달"이라고 한다죠? 불가의 '초발심'과도 일맥상통하는 말인 것 같습니다. 처음 가진 마음은 가장 깊이 내 속에 머물게 마련이지요. 크리 족은 "노인들 수염 헝클어지는 달"이라고 한답니다. 노인들 수염 헝클어질 정도로 바람이 불고 여러 가지 생각을 불러 오는 달이라는 얘기겠죠? 체로키족은 3월을 "마음을 움직이게 하는 달"이라 한답니다. 3월은 누구나 마음이 설레서 내 마음이 저 마음에 닿아 서로 출렁이고 싶은 달이죠. 그러나 무엇보다 내가 좋아하는 말은 아라파호 족이 11월을 가리키는 "모두 다 사라진 것은 아닌 달"이라는 말입니다. 이 얼마나 풍요로운 말들입니까? 그 말들이 너무 멋져 숙연하게 떨리기까지 합니다.

오독의 풍요로움

아무리 무정한 대상이라도 흔들어 흔들어 열리게 하는 이 비는 때론 굵게, 때론 가늘게 비틀거리며 옵니다. 딱딱한 빵을 물에 적셔 먹던 기억의 한편이 우루루 책상 위로 몰려왔다 가고 이런 날은 부드럽게 휘어진 철길을 달려 장자의 구절에 나오는 '예미' 曳尾(꼬리를 끌고 가다)라는 곳까지 가보고 싶습니다(물론 장자에 나오는 이 구절은 지명이 아니지만).

장자는 "죽어서 경배의 대상이 되는 것보다 진흙탕에 꼬리를 끌며 사는 것이 진정 낫다"고 했습니다. 갑자기 생의 활기를 부풀리는 구절이지요.

영월 어디쯤에는 〈예미〉라는 작은 역이 있는데 한자가 〈장자〉의 구절에 나오는 글자와는 다릅니다. 아무튼 같은 소리의 단어이므로 같은 내용을 담고 있으리라는, 아니 그랬으면 좋겠다는 바람을 가져 봅니다. 그렇게 간주할 때 비로소 거기엔 분명 멸망하지 않는 종족이 은밀하게 가계를 유전하며 살 것 같다는 생각이 듭니다. '오독', '오류', '오판', '오심', 등등. 가끔 규정을 벗어난 어떤 것들이 우리들 생각을 풍요롭게 이끌어 가기도 합니다.

멀리 보이는 등고선이 애 밴 여자의 배처럼 봉긋합니다. 그 속에는 아직 세상에 새로운 삶을 전파할 생명이 있다는 것이겠지요.

이질적인 것들의 힘

온 도로변이 금계국으로 노랗게 치장을 하는 계절입니다. 어떤 이는 외래 식물이라고 하고 어떤 이는 귀화 식물이라고도 합니다. 저렇게 이국의 기후와 환경에 적응하며 자신의 종족을 전파하는 식물이나 나무들을 보면 나는 피가 뜨거워집니다. 뜨거운 피를 가졌을 때만 세상의 모든 것은 자신의 존재를 인식하거나 사랑하거나 유전하거나 스미거나 할 수 있기 때문입니다. 그리고 자신의 영역을 떠나서도 타인의 영역을 인정할 수 있다면 저렇듯 무성하게 자라는 것이 가능하리라는 생각도 아울러하게 됩니다. 이것은 내속에 있는 어떤 이질적인 것들이 한 몸에서 공존하고 있는 법칙과도 일치하는 것이지요, 즉, 이질적인 요소들이 서로의 영역을 긍정할 때만이 인간의 육신은 지탱될 수 있을 테니까요.

가령, 눈물이나 슬픔이나 비극이나 이러한 것들을 긍정할 때, 지상의 사랑은 1미리미터 들어 올려 지리라는 생각과도 일치하는 것이지요. 하여튼 금계국 그 노란 꽃 무더기를 보며 그렇게 생각하고 싶은 날입니다.

푸른 하늘 한 자락을 끊어다 내 몸을 포장하고 싶은 유월 오후입니다.

엽서 |||

봄을 덜어내다

당나라 시인 두보는 "꽃이 지는 것은 봄을 덜어 내는 일"이라 했는데 이 지상에는 일 년 내내 꽃이 피고 또 지니 어느 세월에 내 마음의 봄을 덜어낼까 싶습니다. 그러나 어쩌면 인간의 삶의 일정 부분에 덜어 낼 수 없는 봄이 저마다 있어 봄날의 기억들은 소중하게 자리하고 있는지도 모를 일입니다.

사무실에 오전엔 신체 장애인이 양말 팔러 왔다가고, 오후엔 책장사가 왔다가고, 또 그 이후엔 옷장사도 왔다 갑니다. 그러나 그들은 주목 받지 못한 채 돌아가기 일쑤입니다. 주목 받지 못하는 생들이 돌아간 자리는 다시 일상의 공허가 가득 채웁니다.

점심을 먹고 학교 뒷산 솔숲 아래 누워 바라 본 오후의 햇볕은 강하고, 조퇴를 했는지 아니면 무단으로 결과를 했는지 사연을 알 수 없는 여고생 몇은 휘파람을 불며 교문을 나섭니다. 그들의 이른 귀가 길은 경쾌해 보이기도 합니다. 나는 어느 결에 내 몸을 기울여 혼탁한 부분을 덜어낼 수 있을까요.

느닷없음의 매력

장마가 시작된다는데, 눅눅하게 보내야할 한 달간의 삶을 미리 준비하여야 할 듯합니다. 햇볕도 몸속에 저장하고 습하고 어두운 기억들도 조금씩 널어 말리고 젖은 노래들도 양지바른 쪽으로 기울여야할 듯합니다. 그러나 생각해 보면 준비 없이 맞는 일상들이 더 매력적일 때도 있습니다.

에밀레종소리를 듣고 싶어 하는 딸에게 나는 들려줄 수 있는 소리가 없으니 내 몸을 소신공양하여 종을 만들든지 해야 할 것 같군요.

나는 오래전에 절집에 들어 금강초롱위에 비 내리는 풍경을 오랫동안 본적이 있습니다. 그런데 금강초롱이 비를 맞으며 내는 소리가 꼭 동종의 그 소리처럼 들려 그 소리를 옮겨 적어 보기도 했습니다.

속절없이 내 마음 무거워 질 때

절 집 툇마루에 앉아 비 내리는 풍경 바라보다

저토록 둥글게 내리는 비 위에 나를 앉혀 봅니다.

세상을 다 들어 올리고도 남는 힘으로

쏟아지는 비를 받아 내는 추녀 밑에서

종아리를 시퍼렇게 적시다

계곡의 메기와

커다란 절집과

달보다 밝게 머리 씻은 물위의 돌들과

그 칠흑 같은 어둠까지 탐낸 내 몸을

잠시 절 밖에 세워둡니다.

그리고 이 비 그칠 때까지

제 몸이 鍾이 되어 비를 맞는

금강초롱 그 큰 울림 듣다가

하루살이 까맣게 쏟아진 선방에 들어

낮잠을 청합니다.

― 졸시, 「금강초롱 위에 비 내리다」 전문

말의 무게를 덜고 싶은 날

   원산이나 통영 어디쯤 사는, 말을 할 때마다 말속에 비린내가 물씬 나는 그런 사람을 만나고 싶은 오후, 낮은 건물 옥상 위로 하늘 그림자가 지나가고 그림자 지나간 곳을 햇살이 갈기를 세우며 고요히 쓸고 있습니다. 그리고 잎이 둥근 나무 아래로 자신의 생의 무게를 모두 비운 그늘이 찬찬히 내리고 있습니다. 그 그늘 아래로 개미가 가고 다리 여럿 달린 축생들도 기어가고 사람들도 걸어갑니다. 자국이 나지 않게 스미듯 그렇게 걸어갑니다.

   날이 흐리고 외롭고 쓸쓸한 날엔 원산이나 통영 어디쯤에 사는 생의 무게를 모두 덜어 낸 그런 사람 하나 만나 비린내처럼 사투리로 이야기하고 싶습니다.

자궁, 고요한 정원

오후의 정원은 고요합니다. 꽃밭을 유심히 들여다보다 꽃송이마다 깃들인 벌들을 발견하게 됩니다. 꽃은 벌들의 집인 셈이지요. 지구는 인간의 집이고 바람의 집이고 모든 존재의 집이기도 하듯이 말입니다.

바슐라르는 '집'을 인간의 추위를 막아주는 그 이상의 의미를 가진 어떤 것으로 생각하지요. 그에게서 집은 어떤 자궁의 의미를 가지고 있는 듯합니다. 자궁은 생명의 탄생지이며 생의 비의를 간직한 장소이고, 원초적 온기의 기억을 갖고 있는 곳이기도 하지요.

오후의 정원은 아늑한 자궁과도 같아 보입니다. 거기에서는 온갖 물생들이 끊임없이 태어나고 소멸하고 또 유전합니다. 이런 적멸의 정원에는 언제나 부도 같은 나무들이 서있어서 부유하는 정신을 흔들어대기도 합니다.

에델바이스, 우츄프라카치아, 인간

반도의 삶이 기막히게 슬퍼질 때, 어느 고산지대에 숨을 기대고 넘어가는 석양을 보며 산다는 에델바이스를 생각합니다, 그리고 아프리카의 세렝게티에 적은 개체를 유지하고 있다는 우츄프라카치아라는 결벽의 그 고독한 꽃도 생각해 봅니다.

누구에겐가 한 번 삶을 들켜버리면 최초의 그 한 사람에게만 목숨을 거는 그 결벽의 처절함, 우츄프라카치아!

'나는 살고 싶다, 절정의 손길을 죽을 때까지 보내다오.'

혹자들은 이 꽃이 실재하지 않는다고도 하고 혹자는 존재하고 있다고도 하고 혹자는 모 작가가 만들어 낸 허구의 꽃이라고도 하지만 아무튼 허구든 실재든 이름으로 만이라도 그런 꽃이 있다는 것이 내 삶의 숨결을 다시금 확인하게 하는 계기가 된다는 생각을 떨쳐버릴 수 없습니다.

다시 반도의 삶이 기막히게 슬퍼질 때, 우리의 주권과 인권이 강간당한 약소민족의 비애처럼 들이닥칠 때, 저 아라비아 사막의 한 가운데서 처참하게 죽어간 한 식민지 조국의 청년 앞에서 나는 말을 잃어버리고, 이제 정의와 숨결과 순결을 잃은 조국을 더 이상 더 이상은 사랑할 수 없다는 생각을 합니다. 참으로 기막힌 일들이 겹으로 닥치는 날이 많아집니다. 인간을 인간만이라도 사랑할 수 있는 심한 결벽을 앓고 싶은 시대입니다.

연옥(煉獄)을 서성이다

　공간에서 공간으로의 이동은 가히 종교적인 것 같습니다. 자크 르 고프가 쓴 『연옥의 탄생』이라는 책에서 저자는 공간을 종교적으로 이해하기도 합니다. 확실히는 기억나지 않지만 기독교는 인간이 사는 이 사회적 공간을 천상으로 들어 올린 아니 이동시킨 것이라는 겁니다.

　煉獄은 인간이 죽은 후 죄진 자들이 자신의 영혼을 정화하러 가는 곳이라는 의미를 갖고 있기도 하지요. 영혼의 정화라! 때 묻은 밥공기를 닦는데도 오랜 시간이 걸리는데 영혼의 정화는 얼마나 오랜 시간의 소멸을 강요할까.

　익숙한 공간에서 낯선 공간으로 옮겨지면 단 하루가 며칠처럼 느껴지지요. 인간은 자신에게 주어진 현실적 생이 쾌락적이거나 즐겁거나 할 때는 시간과 공간을 망각 하지만, 그 반대일 경우

시간과 공간을 각성하게 되는 법이지요. 그래서 잘 가지 않는 시간을 자꾸 등 떼밀어 보내기도 합니다.

말(言)의 유령처럼 안개가 떠도는 춘천에서 며칠을 보냅니다. 말에 뼈가 있다면 흰색이 아닐까? 라는 생각도 해봅니다. 한때 내 청춘의 베이스캠프이자 그늘이었던 이 도시의 외곽을 어슬렁거리며 그리운 이름과 가난한 시절과 한쪽으로만 휘어졌던 연애를 생각합니다. 춘천은 어쩌면 내 생의 煉獄같은 곳인지도 모릅니다.

장마

밤새 비가 내려 계곡엔 흙탕물이 가득 내립니다. 강둑 쪽에 이마를 내 놓고 있는 집들이 위험해 보입니다. 강둑에 서서 자신의 몸을 분탕질치며 흐르는 강물을 물끄러미 보다가 내 마음의 모래 한 줌 강물에 던져 줍니다. 무당개구리 한 쌍도 강둑에 나와 잔비를 맞으며 근심어린 눈으로 강 저쪽을 바라보고 있습니다. 자신의 신변에 위험이 닥치면 죽은 듯 까무러쳤다가 기회만 오면 재빨리 몸을 뒤집어 달아나는 무당개구리의 처세를 생각해 보기도 합니다.

그러나 지금은 무당개구리도 나도 불어난 강물 쪽으로 시선을 두고 위태롭게 비를 맞는 집을 바라보기는 마찬가지입니다. 그리고 나는 물살의 힘을 이기려 온 몸을 바위에 기댄 채 저녁을 맞을 물고기들을 생각해 보기도 합니다. 내 몸 구석구석 그렇게 장마가 집니다.

　장마가 내 몸을 지나는지 왜소한 몸이 침전물처럼 오래 얼룩
집니다.

서류들의 적의

나무의 피를 수혈하고 싶은 날.

퇴근하려다 바라본 책상 위엔 해치워야할 적들처럼 잡무가 우 우 쳐들어와 내 눈길을 잠시 끕니다. 그러나 무시합니다. 서류들 의 적의! 가끔 저것들이 무섭기도 하지요. 그러나 일은 일을 끊 임없이 낳을 뿐이므로 비워진 만큼 채워지는 일의 속성을 알기 에 일을 해치워서 일의 자리를 비우지 않습니다. 또 다른 일이 쳐들어 올까봐 그냥 뭉그적거립니다.

나무의 피를 수혈하고 싶은 날.

내 피가 수액처럼 맑았으면 하는 막연한 생각을 하며 하던 일 이나 서류뭉치나 읽던 책도 팽개치고 길을 돌아 파도 높은 바다 쪽으로 귀가 합니다.

높은 파도를 보면 그리움이 고통이라는 말이 실감납니다. 그리고 기형도의 시를 떠올려봅니다.

그리고 나는 우연히 그곳을 지나게 되었다

눈은 퍼부었고 거리는 캄캄했다

움직이지 못하는 건물들은 눈을 뒤집어쓰고

희고 거대한 서류뭉치로 변해갔다

무슨 관공서였는데 희미한 불빛이 새어나왔다

유리창 너머 한 사내가 보였다

그 춥고 큰 방에서 書記는 혼자 울고 있었다!

눈은 퍼부었고 내 뒤에는 아무도 없었다

침묵을 달아나지 못하게 하느라 나는 거의 고통스러웠다

어떻게 해야할까, 나는 중지시킬 수 없었다

나는 그가 울음을 그칠 때까지 창밖에서 떠나지 못했다

그리고 나는 우연히 지금 그를 떠올리게 되었다

밤은 깊고 텅 빈 사무실 창밖으로 눈이 퍼붓는다

나는 그 사내를 어리석은 자라고 생각하지 않는다

― 기형도, 「기억할만한 지나침」 전문

맨발로 걷고 싶은 길

　비 내리는 아침 출근 길 신발장을 열어 신발을 꺼냅니다. 평소에는 현관에 그냥 벗어 놓았다 신는데 비가 많이 내리는 날에는 되도록 빗물이 새지 않는 신발로 갈아 신곤 합니다. 가끔 장화를 신고 싶지만 포장된 근대화의 길을 걷기만하는 지금 장화가 있을 턱이 없죠. 국민학교(나에겐 초등학교보다 국민학교라는 말이 익숙하고 좋다. 그렇게 발음해야 그 시절의 추억과 친구들이 와락 떠오르기 때문이다) 적 비 오는 날이나 밭일 하는 날엔 늘 고무장화를 신었었는데 고무에 살닿는 느낌과 고무에 닿는 흙의 물컹한 질감이 너무 좋았었습니다. 가끔 장화를 신기 싫어하는 나에게 엄마는 꾸중을 하시며 강제로 신기기도 했었죠.

　신발장을 열면 처음 보이는 것이 신발의 뒤축인데 각각 닳은 정도가 달라 주인의 기질이나 성질과 편애한 신발이 어떤 것이지

단박에 읽을 수 있죠, 내가 편애한 길들, 신발은 길의 기억을 그렇게 닳은 뒤축에 고스란히 가지고 있습니다. 그래서 가끔은 맨발로 걷고 싶기도 합니다. 섬세하게 지상을 호흡하며 걷기, 맨살로 아픔 느끼기. 그렇게 불을 건너뛰듯 맨발로 뛰어 생의 광풍에 저항하기. 뭐 이런 생각들로 아침 현관을 나서는 날이 있습니다.

빗소리 들으며 도서관 창문을 열고 책을 읽는데 새끼 참새 한 마리 도서관 안으로 날아와 이리저리 돌아다니고 밖에서는 새끼를 찾는 어미의 애절한 울음소리 끊이지 않습니다. 평생 새끼들만 낳아 기르느라 뼈만 앙상히 남은 암컷의 울음이 괜히 가엾고 서글픈 날입니다.

백석의 시 「수라(修羅)」가 생각납니다.

거미새끼 하나 방바닥에 나린 것을 나는 아무 생각 없이 문밖으로 쓸어버린다
차디찬 밤이다
언제인가 새끼거미 쓸려나간 곳에 큰거미가 왔다
나는 가슴이 짜릿한다
나는 또 큰거미를 쓸어 문밖으로 버리며
찬 밖이라도 새끼 있는 데로 가라고 하며 서러워한다
이렇게 해서 아린 가슴이 싹기도 전이다
어데서 좁쌀알만한 알에서 가제 깨인 듯한 발이 채 서지도 못한 무척
작은 새끼거미가 이번엔 큰거미 없어진 곳으로 와서 아물거린다

나는 가슴이 메이는 듯하다

내 손에 오르기라도 하라고 나는 손을 내어미나 분명히 울고불고 할
　이 작은 것은 나를 무서우이 달아나버리며 나를 서럽게 한다

나는 이 작은 것을 고히 보드러운 종이에 받어 또 문밖으로 버리며
　이것의 엄마와 누나나 형이 가까이 이것의 걱정을 하며 있다가 쉬이
　만나기나 했으면 좋으련만 하고 슬퍼한다

— 백석, 「수라(修羅)」 전문

엽서 121

유전되는 슬픔

　뭉크를 생각합니다. 병든 가족과 죽음의 공포가 일상의 짐처럼 버티고 있던 집. 그래서 '집'이라고 발음하면 문득 핏빛 노을이 온 몸에 그늘처럼 드리우던 그 끊임없이 왜곡시키고 싶은 생의 주소들. 그리고 광기가 아니면 도저히 자신의 삶을 지탱할 수 없을 것 같아 자신의 귀를 잘라 사랑하는 창녀에게 준 고흐의 생도 더불어 생각합니다.

　몇 해 전 프랑스를 여행하다 고흐와 그의 동생 테오의 무덤이 있는 오베르 쉬르 우아즈에 간적이 있습니다. 물감이 떨어질듯 파랗던 하늘이 갑자기 비를 내리기 시작하였는데 그곳 사람들은 그런 기후에 익숙해서인지 뛰지도 않고 일상처럼 걷고 있었습니다. 기후를 경건하게 받아들이는 족속들이라니! 〈까마귀가 나는 밀밭〉의 배경이기도한 그곳을 나도 비를 맞으며 걸었습니다. 밀밭 사이로 난 작은 길을 우산도 없이 걸으며 나는 이런 생각을 했습니다. 고흐는 이 길을 걸으며 무슨 생각을 했을까? 아마도 그는 이 길을 걸어 마을 쪽으로 술을 사러 가거나 아니면 여자를 사러 갔었겠지라고 생각하니 문득 나는 이 길을 걸어 마을 쪽으로 가면 무엇을 해야 할까 스스로 궁금해지기도 했었습니다. 마을에 닿아 작은 가게 앞에 앉아 압셍트는 아니지만 독한 술을 마시고 싶었습니다. 그리고 생의 절정에서 소멸한 사람들을 생각해 보았습니다.

오늘은 쏟아지는 태양이 자신의 병을 치료해줄 거라고 믿으며 미지의 길, 죽음의 길로 나선 랭보도 지상의 길 한 모퉁이에서 서성대는 듯합니다.

불순한 날들이 지속되고 있습니다. 이렇게 흐리고 우울한 날에는 나의 자식들에게서 나의 서글픈 유전자들을 모두 제거하고 싶습니다.

불이(不二)를 꿈꾸던 시절

차창에 투신하는 빗방울의 잔해를 윈도우 부러시로 쓸며 멍하게 길의 소실점을 향해 달려 봅니다. 나는 한 때 걷기를 좋아해 어느 길의 끝에까지 걸어가면 내가 사랑하는 여자가 있을 것 같아 설레며 걸을 수 있었고, 어느 길의 끝에는 밤새도록 어둠을 밝히며 누군가를 기다리는 촌락의 외등이 있어 따스하기도 했었죠. 세상의 길은 추억의 무한 저장고이며 생의 주술이 날숨 쉬는 곳.

며칠 전 경전 공부 종강 하는 날이라 차 한 잔 우려 놓고 스님들과 오랫동안 앉아 있었습니다. 스님들의 그 넓고 넓은 학문적 소양과 사고의 무한을 다시금 느끼며 내 공부가 얼마나 보잘것없는 것인가를 새삼 느끼는 시간이었습니다. 그리고 스님들의 쓸쓸함, 돌아갈 곳 없는 그 막막함 이런 것들도 더불어 생각해 보았습니다. 그 생각 위에 한 때 스님이 되고자 했던 내 젊은 날의 모습을 겹쳐 놓아 봅니다. 내가 그 길을 갔다면 지금 내 모습은 어떨까. 한 소식하여 세상의 경계를 뛰어 넘어 불이(不二)의 세계를 얻었을까. 이런 생각을 하니 턱도 없다는 생각이 듭니다.

스님들의 그리움과 사랑과 끊지 못한 생의 집착과 번뇌 이러한 것들을 화제 삼아 담소를 나누다 자리를 뜹니다. 요사채 앞 텃밭 옥수수는 양팔 간격으로 서서 파랗게 바람을 뒤집어쓰고 있었습니다.

어둑해진 길을 걸어 귀가하는데 중요한 무엇인가를 절집에 두고 내려오는 듯 허전했습니다.

늦은 저녁으로 따끈한 우동이라도 한 그릇 모셔 놓고 허전한 속을 달래 보아야겠습니다.

젊은 날의 여행

무지무지 더운 어느 여름 기차를 타고 무작정 떠났던 이십대 초반의 내가 문득 떠오르는 날, 달려가는 속도만큼 뒤로 밀리던 산과 철로변의 집과 비탈밭들. 그 풍경들을 몸에다 꾹꾹 눌러 새기며 풍경에 대한 미안함 때문에 잠들지 못했던 그 시절. 한 뼘씩 산이 그림자를 앞세워 내 쪽으로 내려올 때마다 뛰는 가슴을 억지로 감추며 나는 내 옆에 앉은 늙은 노파의 얼굴을 힐끔거렸었죠. 어디로 가는지 어디에 사는지도 모를 그 노파의 허름한 몸속에 나도 모르게 나를 감추고 싶기도 했지요. 노파의 몸에 나를 들이고 나서 생각난 사소한 일 하나.

더운 여름 날 할아버지 심부름으로 막걸리 받으러가던 다리 위에서 바라본 강물 그 공포의 원천들. 가위눌린 입처럼 간신히 간신히 불러도 오지 않던 누나를 부르다 다리 난간에 나를 세워

둔 채 나는 마음만 한없이 도망을 쳤었죠. 노란 주전자를 한껏
불은 강물에 던지고 외돌다 울면서 귀가했었죠.

늦은 귀가를 걱정하는 어머니의 꾸중이 기다리는 집. 집으로.

살아있는 것들의 아름다움

    계속되는 더운 날씨에 한껏 달은 몸 식히러 계곡에 갑니다. 물가 자갈밭에 앉아 계곡 반대편을 아무 생각 없이 바라보노라니 거미 한 마리 재빠르게 허공에 집을 짓고 있습니다. 그 집짓기의 경건함에 마치 허공에 가늘게 금이 가는 듯도 합니다. 매혹적인 허공의 집, 분명 그 집에는 죽음의 향연이 연일 벌어지고 있을 거라는 생각을 하기도 하죠, 어떤 매혹적인 집에는 많은 생명들이 드나들게 마련입니다. 그 생명을 하나씩 채집하며 자신을 연명하는 거미의 치열하고도 눈물겨운 일상이 내 속에 오래 각인됩니다. 그리고 더더욱 나를 붙잡는 것은 그 허공의 집이 기댈 수 있도록 제 몸을 빌려준 고로쇠나무의 시치미입니다. 아무렇지 않게 타자가 기댈 수 있도록 등을 내어주는 그 따스함이 계곡 전체를 쩌렁쩌렁 울립니다. 여름 계곡은 그렇게 서로들 기대고 기대어 한 계절을 넉넉하게 나고 있습니다.

　나탈리 앤지어의 책『살아 있는 것들의 아름다움』을 생각나게 하는 날입니다. 우리가 통념적으로 생각하는 혐오스러운 미물들에 대해 새로운 시각을 갖도록 하는 책. 모든 생명체는 나름의 아름다움과 고귀함을 가지고 있다는 것을 새삼 생각합니다. 생명 가진 것들의 장엄한 아름다움을 생각하는 날입니다.

씨 없는 수박

둥근 수박을 쟁반에 쪼개 엎어 놓고 한여름 수박을 먹습니다. 그 빨간 속살이 엔간찮게 원색적이어서 가끔 얼굴이 붉어지기도 하지요. 어떤 날은 씨 없는 수박이 나오기도 합니다. 씨 없는 것들은 미래가 없는 속빈 생들 같아서 망설이다 망설이다 끝내 먹기를 포기합니다. 씨 없는 것들은 어디서 왔을까 뿌리 없는 식물처럼 생각이 허공에서 한참을 맴돌고 열심히 수박을 먹는 아이들 곁을 나와 베란다에서 딴청 피며 담배를 피웁니다. 독하게 몇 대 피우고 다시 들어오면 둥글게 앉아 있던 우리네 저녁이 금갑니다. 이 빠진 노인의 잇몸처럼 서늘합니다. 그리고 잇자국을 또박또박 내며 수박을 먹는 막내딸의 모습에서 불 꺼진 방, 내 어린 시절의 아무것도 담기지 못한 빈방이 걸어 나옵니다.

오랫동안 불 지피지 않은 빈방에서 견디며 살고 있다는 느낌
이 불현듯 듭니다.

그대에게 이르는 길

또 한 계절이 인간의 마을로 옵니다. '가을'이라고 발음하면 무엇인가 쓸쓸한 것들이 마구 쏟아져 내릴 듯합니다. 인간은 자신이 어디론가 떠나야 한다는 것을 고민하고 걱정하는 것이 아니라 자신의 원래적 자리로 돌아가려고 부단히 걱정하는 것이란 생각을 합니다. 타자와의 이별이 슬픈 건 역으로 자신의 마음자리가 타자에게 너무 기울어 자신에게로 돌아올 길이 멀다고 느끼기 때문일지도 모릅니다.

서옹스님은 "산이 가리고 바위에 막혀 길이 없는 줄 알았는데, 길이 돌고 개울이 뚫려 그 길 따라가니, 사람 사는 마을이 저기 있다"고 했습니다. 길이 막혔다! 그대에게 이르는 길. 그러나 세상의 모든 길은 큰 덩치의 산허리를 꽉 껴안고 돕니다.

스산해지는 가을날에는 그동안 못한 일들, 가령 카페에서 차

마시기 바닷물에 발 담그기 아무 생각 없이 산책하기 가을벌레 우는 소리 듣기 등등 이러한 사소한 일탈을 일삼다 어두워져서야 귀가하고 싶습니다.

고통스러운 먼 곳

고통스런 먼 곳. 어릴 때 소를 몰고 들판에 나가면 내가 있는 곳보다 멀리 보이는 저 편에 항상 더 좋고 풍성한 풀이 있을 것만 같아 막상 산을 넘어 그 들판에 가면 애초의 자리와 다를 바 없었습니다.

어두운 밤 항구의 이쪽에서 보는 저 쪽의 불빛은 언제나 화려하고 찬란하지요. 그러나 그 황홀의 근처에 가면 어느새 황홀은 사라지고 처음의 기대는 실망으로 바뀌게 되는 것입니다. 그러나 우리네 삶은 자꾸만 여기가 아닌 저쪽으로 가고자 합니다. 별 것 아닌 저 쪽으로 갈 수 없을 때 인간은 좌절하고 욕망은 억압당하게 되지요. 억압된 욕망을 최대한 생의 아래쪽에 눌러 묻으며 살다 결국은 늙고 병들고 소멸합니다.

고통스러운 먼 곳. 그 저 편에 갈 수 없는 날 환장할 정도로 날은 좋아 몇 대의 버스를 그냥 보내고 막차를 탑니다.

벙어리에게 길을 묻다

늦게 아주 늦게 귀가를 하고 싶은 토요일입니다. 벌써 강물은 자신의 체중을 줄이며 생을 내면으로 감추고 있는 듯합니다. 퇴근길 일부러 돌아 돌아가다 바다에 닿습니다. 갯바위에 몸을 기대고 바라 본 바다는 참으로 많은 길을 보여줍니다. 밀물이 들어올 때마다 수천 개의 길이 열리고 썰물이 나갈 때마다 수천 개의 길이 지워집니다. 그러나 그 길은 너무 많고도 길어 나에겐 폭력적이기까지 합니다. 그래서 그 길의 어느 한 자락에 닿으려던 마음은 결국 상처 입은 채 돌아옵니다.

이렇듯 나의 일상은 늘 정처 없기만 합니다. 때가 되지 않았는데 철없이 떨어지는 감처럼 떫어서 아무런 감동 없이 지상에 머리만 찧습니다. 그냥 내 안의 목소리와 나에게 했던 약속이 자꾸 무너져 내립니다. 결국 벙어리에게 툭툭 길을 묻고 싶은 그런 날들입니다.

아득한 뒤편

　한 번 눈길이 간 어떤 곳에 마음 모두가 따라 가는 날입니다. 나는 어릴 적 감자를 캘 때마다 어떤 묘한 서글픔 같은 것을 생각하곤 했습니다. 줄기를 뽑으면 제 의지와 상관없이 뽑혀야하는 그 구근(球根)의 생들이 참으로 애처로워 보였기 때문입니다. 무엇인가를 하염없이 따라 가는 것 혹은 따라 나오는 것, 마음자리 하나도 자기 것이 아니라고 생각하며 보내는 하루는 길고도 깁니다.

　날아가는 새들은 자신이 날아 온 거리를 절대 뒤돌아보지 않는다죠? 그러나 인간은 저 새들과 너무도 달라서, 생의 아득한 절벽까지도 돌아보고 또 뒤돌아보게 됩니다.

　비바람 세차게 부는 날. 촉촉이 머리를 적시며 걷다가 국밥집에 들러 순도 높은 술 한 잔으로 체온을 높여봅니다.

빛나는 울음

상처가 평생 한 몸을 따라다닌다는 건, 그리고 한 인간을 감염시킨다는 건 다행입니다.

처음 비상을 시작하는 괭이갈매기가 절벽에 서는 것과 최초의 배가 바다에 닿는 것. 이 모두는 상처를 얻으러 가는 것들이지요. 그리하여 그들은 얼마나 황홀한 자신으로 돌아오는지, 상처는 벗어나는 것들이 가져야할 필수품, 다른 것은 다 버려도 챙겨야할 빛나는 생의 목록입니다.

뜸을 너무 들인 밥처럼 밥이 밥을 벗어나고 자신의 원래 모습을 벗어나며 빛나는 존재의 또 다른 본성들. 세상의 모든 틈에서 조용히 비를 맞으며 서있는 것들은 모두 생의 슬픔 하나쯤은 다녀온 것들이지요.

몸이 후드득 후드득 아픈 날엔 잎 넓은 나무에 비 내리는 소리 듣고 싶습니다. 펑펑 쏟아지는 그 소리들. 내리는 비를 받아내느라 자신이 더 크게 울음 우는 크고 둥근 잎에 닿는 그 소리들을.

나무의 생존 전략

　나는 가끔 자반고등어를 사러 시장에 갑니다. 나무판자 위에 가지런히 누워 있는 고등어를 보면 내 쓰라린 각오와 영속하는 것들과 영속하려고 애쓰는 것들을 동시에 볼 수 있기 때문입니다. 또한, 뼈와 뼈 사이 살과 살 사이에 소금을 뒤집어쓰고도 눈 하나 깜빡하지 않는 저들의 견딤을 내 속에 모셔오고 싶어서이기도 합니다. 온 몸이 변색 되어도 고등어이길 원하는 고등어, 상처를 아프지 않게 몸에 달고 다닐 수 있는 저들이 어떤 때는 성자처럼 보이기도 합니다.

　나는 잠시 저들 앞에서 생각하지요. 제발 나를 너희들 비린내로 유혹하지 말아다오. 나는 맨발로 푸른 물을 건널 수 없단다. 하지만 한편으로는 이런 생각도 합니다. '내 시간도 이미 저물었으니 더 늦기 전에 나에게도 소금을 끼얹어 다오.'라고 말이죠.

겨울나무는 가지를 많이 뻗지 않습니다. 가지가 많으면 무거운 몸으로 겨울을 날 수 없기 때문입니다. 또한 잎을 모두 떨구는 것도 그들의 처절한 생존 전략입니다. 이 겨울을 나기 위해 따뜻한 옷 한 벌, 영혼을 독하게 염장하는 책 몇 권, 줄어들고 잦아진 생각, 이런 정도면 족하지 않을까요?

어리버리한 것들에 마음을 주다

어린 새들이 어미를 따라 강 하구 쪽으로 갑니다. 또 한 세월
을 견디기 위해 가는 저들의 모습은 결연해 보입니다. 게 중에는
몸이 아프거나 상처 입은 것들도 있겠지요. 그 아픈 몸으로 한
세월을 견뎌야하는 것들이 자꾸 뒤쪽으로 쳐집니다.

아직은 덜 언 강에 나가 흰 돌 위에 떨어진 새똥을 보다가 만
지다가 하면서 묽은 똥을 싸고 간 저들의 항문을 잘 닦아주고
싶다는 생각을 합니다. 그러나 세상 사이사이에 끼여 오염된 그
간의 내 삶이 화들짝 들통 나기도 하지요. 놀란 마음에 지문이
묻은 돌을 강물에 던집니다. 큰 소리를 내며 가라앉지만 멀리 가
지는 못합니다.

그리고 다시 몇 개의 돌을 뭉개고 앉아 그들과 같이 겨울 하늘
을 봅니다. 참 높고 맑습니다. 이럴 때 나는 저 강을 씩씩하게

건너는 새들보다 앞서가는 무리를 힘겹게 따라 잡으려 안간힘 쓰며 날아가는 어리버리한 새끼 새들에 마음을 기울여 줍니다.

엽서 133

바람의 배려

창가에 턱 고이고 앉아 들락거리는 햇살을 맞다가 개나리 꽃 주변을 서성이는 나비를 봅니다. 저 흰 나비는 꽃잎에 닿으려고 오래 서성거립니다. 자신의 몸을 앉히려고 망설이는 마음이 꼭 나인 것 같기도 하고, 또한 아닌 것 같기도 하고. 자신의 생이 불안하여 꽃에 귀환하려 던 몸이 꽃잎에서 자꾸 미끄러집니다. 마치 지상을 한 번도 경험하지 못하여 지상이 불안한 어떤 생명 처럼...

끝내 허공을 허우적이는 모습이 아픈 몸에 와 닿습니다. 평생 을 가라앉지 않으려는 숙명의 날개저음, 머리를 처박고 낙하하 고 싶은 저 마음을 읽었는지 바람이 슬몃 꽃잎 들어 올려 나비의 날개를 받아 줍니다. 저 떠받침이 목울대를 뜨겁게 합니다.

아주 개별적인 비극

롤프 슈벨 감독의 영화 〈글루미 선데이〉를 다시 보았습니다. 한 때 나는 이 영화의 사운드 트랙을 너무 좋아하여 우울의 절정에 닿을 지경까지 듣곤 했습니다. 광기의 비극을 저토록 서정적으로 표현하다니. 그래서 직설적 어법을 구사하는 '현대'적 삶과 사유가 싫어집니다.

이 광기가 질주하는 시대, 가끔 나는 어떤 한 신념 때문에 생을 송두리째 그 편중된 신념에 바치는 것이 진정 아름다운 선택인지 스스로에게 물어보기도 합니다. 이미 사람들이 공유하던 시대의 비극과 아픔은 사라진 듯합니다. 그래서 공유되지 못한 개별적 비극들이 시대와 불화하고 있다는 생각이 듭니다. 아직도 청소되지 않은 광기와 폭력이 존재함에도 불구하고 대부분의 사람들은 비탄의 시대를 애써 간과하려 하지요. 그리고 대부분의 사람들이 저주하던 것들은 끝까지 살아남아 다음 세상으로 유전됩니다.

얼마 전 잘 아는 분이 오랫동안 다니던 직장을 그만두고 생의 다른 비전을 향해 어디론가 갔습니다. 머무르지 않는 생은 멋지고 부럽기도 합니다. 물론 새로운 곳은 항상 불안과 공포를 느끼게 하지만 말입니다. 그래도 우리가 머물러 있다고 생각하는 사이 우리의 생은 조금씩 아주 조금씩 어디론가 이동하고 있다는 것을 생각하면 위안이 되기도 하지요. 들뢰즈라는 철학자는 "반복은 차이다"라고 했던가요? 반복되는 일상 속에서 차이를 발견하는 지혜와 눈을 갖고 싶은 날입니다. 황혼이 거세된 비오는 날, 거세된 황혼의 이면이 궁금해집니다.

편지, 그대를 물들이는 시간

시인 정지용은 달개비꽃을 잘 찧어 잉크를 만들어 친구에게 편지를 썼다고 합니다.

그 연한 빛을 띠는 글씨를 보면서 편지를 받는 사람에겐 참 고요한 흥분이 일었을 거라 생각합니다. 요즘처럼 편지가 거의 없어진 시대에 어쩌다 받는 엽서 한 장이 연하고 흐릿한 흥분을 가져다줍니다.

편지의 소중함을 상기해 봅니다. 늘 소통하며 서로에게 스미는 그 일이야말로 세상을 살면서 참으로 소중한 일 중의 하나겠지요.

기특하게도 맑은 가을 뜰에 나가 소소하게 늙어가는 것들과 공손히 손을 오므려 이슬을 받아든 마른 잎들을 찬찬히 봅니다. 어느 것 하나 소중하고 경이롭지 않은 것이 없습니다.

몸에 병 없기를 바라지 마라

유난히 걱정이 많은 날들이 있습니다. 가령 집안에 심각한 일이 생기거나 자신이 원치 않는 일을 강제로 떠맡게 된 사실을 미리 알았을 때, 사랑하는 사람이 아프거나 민감해졌을 때 등등. 걱정이 많으면 몸이 극도로 예민해져서 맛난 음식을 먹어도 감동이 없게 마련이지요.

인간을 사랑한다는 것은 끝내 애를 다 태우는 일인지도 모릅니다. 저 편에 닿지 못하는 그리움이 메아리도 없이 사라지는 것을 그냥 보고만 있을 때의 애간장 타는 시간이란 이루 말할 수 없는 것이지요.

가을, 절정을 다 건너뛰고 잎을 죄다 지운 산을 가려주려고 날이 흐리고, 그 연막 속에서 살아 있는 목숨들은 생존을 위한 장고에 들어가겠죠. 불가의 말씀 중 "몸에 병 없기를 바라지마라"고 했는데 하여튼 뜨거운 피를 가진 것들은 생래적으로 모두가 서럽고 아프게 몸을 타고났나 봅니다.

계절이 없는 곳에서의 삶

계절이 없는 곳에서의 삶을 생각해 봅니다. 그러면 계절이 바뀔 때마다 갖게 되는 설렘도 반으로 줄겠고, 욕망도 많이 줄겠다는 철없는 생각도 해 봅니다

며칠 새 시내 쪽 벚꽃 길 꽃들이 거의 활짝 몸을 열었습니다. 그러나 설악엔 만년설 같은 눈이 머리 얹은 초야의 여자처럼 다소곳 앉아 있습니다.

졸음이 무한정 몰려오는 봄날, 진달래 산수유 사이를 걷다 옵니다. 그냥 귀가하기 서운해 소주 한 병 마시고 천천히 걸어서 집에 옵니다.

멀리 있는 것들의 안부가 늘 궁금합니다.

꽃나무 아래를 걸으며 전력을 다해 피는 것들의 힘의 무게를 따져보기도 하다가 꽃놀이 온 사람들의 모습을 찬찬히 구경합니

다. 꽃구경 온 저들의 마음도 다 경전의 맨 마지막 한 줄은 되겠
구나 생각합니다.

몸이 피는 꽃들을 받아내느라 피곤합니다.

어서어서 이 좋은 꽃 시절도 노래의 한 소절처럼 지나갔으면
좋겠다는 생각을 합니다.

'풍경이 좋으면 사유가 그만큼 줄어드나 봅니다.'

구름의 위계

"관능의 정신화는 사랑이다" 이 말은 관능을 승화 시켜야 아름답다는 얘기인지 어떤 것인지 잘 모르겠지만 『선악의 피안』이라는 니체가 쓴 책에 나오는 구절입니다.

오늘은 『천 개의 고원』를 읽으려 펼쳐 놓고 니체와 베르그송을 번갈아 보다가 거역할 수 없는 몸과 그 에너지의 승화를 생각해 보기도 합니다. 내 몸을 떠받치지 못하는 관념과 사물이 무슨 소용을 가져다 줄 것인가?

요즘은 휴대전화가 몸이 된 시대— 이것은 비극인가, 또한 거부할 수 없는 생의 변화인가?

어쨌거나 기계에 정신을 팔아버리는 참으로 우울하고 음산한 날들과 시대가 들이닥칩니다. 이렇게 음산한 하늘이 인간을 내려다보는 날엔 구름의 위계를 생각해 보기도 합니다. 떠가는 구름에도 위계가 있어 신생 소멸을 반복하게 되지요. 오래전 여행 길에서 본 유쾌하게 아름다운 북아프리카 아틀라스 산의 빛나는 구름들을 생각합니다. 복잡하게 헝클어진 내 정신의 회로를 찬 찬히 복원하여 승화시키던 그 구름들을 말입니다.

유쾌한 허풍

정신의 산문 밖에 서 있는 날이 잦습니다.

빗소리가 너무 커 모든 창을 닫고 누워 머리맡에 꽂혀 있는 책들을 이것저것 꺼내 목차만 봅니다. 그리고 배를 방바닥에 깔고 비 오는 날 주로 엄마가 부쳐 주시던 메밀 부침개 같은 것이 먹고 싶다는 생각을 하곤 하지요. 그러나 모두가 정신없이 바쁘게 사는 요즘 누가 부침개를 해줄 리 만무하지요. 어떻게 보면 농사를 짓던 옛날 나의 엄마가 더 바쁘게 사셨는지도 모릅니다. 농사철에는 새벽부터 저녁 어스름까지 밭일 하시고 비오는 날도 비설거지에 몸이 쉴 틈이 없었을 텐데 호박잎을 찌고 감자를 삶고 부침개를 하고 명절에는 떡이며 두부며 엿 등을 손수 하셨으니 말입니다. 비오는 날 몇 해 전에 돌아가셔서 부재한 엄마를 생각하면 엄마와 함께 엄마가 해 주시던 음식이 같이 따라옵니다. 고소한 메밀부침개 생각이 나를 참 멀리도 데려갑니다.

오래 전에 보았던 『산해경』을 다시 뒤적이며 중국인들의 위대하고 유쾌한 허풍을 생각하지요. 신화나 전설 같은 것들은 인간을 참으로 풍요롭게 살찌웁니다. 두서없이 산해경 페이지를 건너뛰며, 배를 깔고 누워 키득거리며, 마려운 오줌을 억지로 참으며 또 마음 한쪽은 지리적으로 먼 곳을 몇 바퀴 돌아옵니다.

꽃 피우는 힘

남쪽 봄소식은 아직도 멀게 느껴집니다. 설악에는 자주 눈이 내리고 그 바람은 수시로 제가 사는 마을 쪽으로 오니 말입니다.

어딘가 최대한 먼 곳으로 가고 싶은 마음이 들끓을 때 나는 일주일의 반은 바다 쪽으로 반은 산 쪽으로 난 길로 퇴근합니다. 봄바다는 거칠디 거칠어서 그 검은 속을 알 수 없고, 골라 골라 양지쪽을 걷다가 느닷없이 마주치는 일찍 핀 꽃들을 애써 외면합니다. 일찍 피는 것들은 일찍 늙을 테고, 왠지 안쓰러워 보이기 때문입니다.

교실 앞 산목련이 봉우리를 실하게 매달고 있습니다. 큰 줄기가 힘을 다 써야 꽃잎을 밀어낼 텐데 가끔 저들 줄기를 안고 내 힘을 보태고 싶어지기도 합니다. 그러나 한없이 미약한 몸이 보태는 힘이 얼마나 될까 싶어 그냥 바라보고만 있지요.

얼마 전 밭에 옮겨 심은 매화나무는 꽃을 작파하고 푸른 잎만 무성하게 내밀고 있습니다. 꽃 피우는 힘을, 그 산고의 힘을 아껴야 저도 한 해를 날 것이기 때문이겠지요. 저들의 생존전략 앞에서 참으로 숙연해집니다.

사원의 비명(悲鳴)

노틀담 사원에 가 본 적이 있습니다. 노틀담 사원에서 나는 무엇을 보았을까? 콰지모도 혹은 그가 사랑한 여인 에스메랄다? 죄 많은 인간들은 사원 앞 광장에 줄을 서서 속죄의 시간을 기다리는데 나는 콰지모도가 같이 대화를 나누며 놀았을 사원의 석상들을 오랫동안 쳐다봅니다.

석상의 입들이 오물오물 들썩이며 한 곱추의 비극적 출생의 비밀을 말해 줄 것도 같습니다. 그러나 나는 거기서 권력과 가진 자들의 추악한 음모. 혹은 위압적인 신상들의 입에서 나오는 역겨운 냄새들. 그리고 그 속에서 자신의 피로 생을 절규한 민중들의 신음, 뭐 이런 것들을 봅니다.

나는 이 땅에 존재하는 오래된 사원을 볼 때마다 그 거대한 사원을 짓기 위해 생을 받친 민중의 피와 절규를 떠올립니다. 피라밋도 앙코르와트 사원도 엘로라 동굴도, 지극한 사랑을 과시?
하기 위해 지은 타지마할도...

        나는 한 집시의 여인을 사랑하네
        기막힌 일이네
        가만히 있어도 온 몸에 진동이 오는
        그런
        기막힌 설렘이네
        희미한 불빛 한 점으로 그녀가 집으로 돌아가면
        나는 서으로 서으로 달을 밝혀
        멀리까지
        그녀를 배웅하네.
        배웅하러 간다네.

                                    ―졸시, 「사원의 슬픔」

수평적 사유

니체가 말한, 정확히는 기억할 수 없지만...

"세상은 주사위 놀이를 하는 신들의 거대한 도박판"이라는 말을 생각해 보았습니다.

누군가가 벌여놓은 도박판에 끼어서 생을 거덜 내는 나와

도박 자금이 바닥난 나와, 내 패를 모두 들킨 나와,

그보다 더 그 도박을 한 번도 즐겨보지 못한 나와

판을 엎고 싶어도 생의 배후에 있을 그 무엇인가가 걱정되고 두려워 엎지 못하고 그 판에서 나와 버리는 나.

본전 생각을 하면 남아 있는 내 생의 한 호흡까지 걸고 싶지만

그냥 본전 생각만하다 흐린 하늘에 침이나 뱉으며 투덜거리는 나는.

흙탕물이 가라앉기를 오래 기다려 맑은 물 한 모금 얻어 마시고 갈 생각에 또 뒤로 밀립니다.

싱싱하게 사는 건 어떤 걸까? 싱싱함의 반대편은 '시들하다'일 텐데 차라리 싱싱함의 수직적 사유보다, 시들하다의 수평적 사유가 더 타자와의 소통을 가능케 하지 않을까. 이런 생각을 해봅니다.

엽서 144 　　　　　　　　타인의 반성문을 읽는 오후

　아이들도 선생들도 모두 돌아간 저녁 무렵의 학교,

　어떤 이가 "세상에서 가장 행복한 길은 집으로 돌아가는 길"이라 했던 말이 생각납니다.

　모두가 그 길을 걸어간 지금 나는 여러 번 제도권을 이탈했다 돌아오기를 반복하는 한 아이의 반성문을 읽습니다. 인간의 반성문은 늘 애절합니다.

　그 별 것도 아닌 잘못을 눈감아 주고 싶은데 짧게라도 몇 마디 훈계를 해야 하는 내가 초라해 보이기 그지없습니다. 그것도 그의 한 길일 텐데, 내가 왜 이래야하나. 그도 생의 한 교과서를 품에 안고 어딘가 가고 있을 터인데... 어찌 보면 그 생이 나보다 더 힘차게 살아서 갈기를 휘날리는 거칠고 도도한 강물일 수 있는데.

나는 사다리의 끝에 서서 지붕 너머를 보고자 올라가는 한 인간의 발아래 서서 하나씩 사다리 살을 자꾸 빼고 있는 건 아닌지. 위태롭게 한 인간을 막다른 길 끝에 세워 놓고 돌아 오라고 등 뒤에서 소리치는 건 아닌지.

　간신히 울음을 참으며 돌아간 아이의 뒷모습을 떠올리며 자꾸 내 얼굴이 노을 지는 저녁입니다. 확확 달아오르며 나의 귀가를 미루게 합니다.

타향을 꿈꾸다

바람이 많이 부는 날입니다. 저 숲을 밀어 내고 밀어오는 힘으로 그리운 사람에게 가고 싶은 마음이 한층 간절해지기도 합니다. 이런 날은 그 설레는 마음을 잘 여며 그리운 사람과 함께 대숲에서 며칠을 보내고 싶기도 합니다. 마디마디에 어떤 서약 같은 것들을 새기며 서있고 싶기도 한 것이지요.

서해의 어디쯤에 들쇠고래가 와서는 돌아가지 못하고 모래에 좌초 되었다는 소식이 들립니다. 오던 길로 다시 접어들지 못해 타향에서 장례를 치르는 그 쓸쓸함도 생각해 봅니다. 모든 생이 타향으로 향하고 타향에서 죽고 또 거기서 시작하고 이런 것이 겠지만 그래도 나는 그리움의 궁극인 먼 타향 같은 데서 오래 좌초되고 싶습니다.

절정에서 앓다

단풍이 절정인 가을 며칠은 틈날 때마다 단풍을 좇아다닙니다. 단풍이라는 말에는 어떤 '절정'같은 것이 묻어 있습니다. 깊은 곳에 숨어 있는 것, 세상에 드러난 것, 적당히 가려진 것, 다 진 것, 지다만 것, 막 물들고 있는 것. 저 여러 색의 군상을 며칠 보고 나면 내 몸에도 원색의 물이 들 것 같습니다.

붉고 노란 원색의 것들을 보고 온 날은 이상하게 몸이 아픕니다. 어릴 적 무당의 굿이 생각난 때문일까, 시퍼렇게 날 선 작두를 타며 혼을 달래던 그 처연한 모습이 떠올라서일까. 아니면 누군가의 몸을 싣고 가는 상여가 생각나서인가.

하여튼 그 감탄 속에는 몇 개의 한숨이 묻어 있습니다.

정약용은 그의 아들에게 보내는 편지에서 "아들이 애비를 보러 말을 타고 온다는데 벌써 헤어질 일이 걱정이다"고 했답니다.

절정 이후의 쓸쓸함이겠죠?

결국 절정을 본 사람은 그 이 후의 처절함을 생각할지도 모를 일입니다.

그대를 밀며 산에 오른다
산협을 돌아가는 나도
그 곁 아슬아슬
절벽에 평생을 건 너도
다 햇볕이 건너뛴 자리마다 붉다
긴 빨대 같은 길
잘게 믹서된 인간을 서서히 빨며
산은 점점 붉은 피를 수혈하는데
누군가의 뒷 몸을 밀고 가는 나는
단풍 아래서 아프다
마을에 길흉사가 있을 때마다
생의 절정을 건너뛰던 무당처럼
저 원색의 잎들은
제 몸에 주문을 걸며
嚴冬까지 견딜 것인데

또, 산 아래 마을에서는

길고 푸른 작두날을 타는

날이 있겠다.

— 졸시, 「단풍」 전문

북창 여관

　북쪽으로 창이 난 여인숙에서 며칠 자고 싶은 밤들이 있습니
다. 요즘은 여인숙이나 여관이라는 곳이 거의 사라지고 모텔이
라는 곳이 한데 잠을 자는 사람들을 받아주지요. 고등학교 시절
나는 어쩌다 시내를 배회하다 후미진 골목 끝에 있는 여인숙 간
판을 보면 가출 하고 싶은 욕망이 문득 들곤 했습니다. 벽과 벽사
이가 허술해 옆방의 숨소리까지 들리는 방에서 낯선 사람들이
싸우고 속삭이고 사랑 하는 소리를 들으며 잠을 설치고, 아침에
일어나 공동 세면대에서 간밤에 소리로만 만났던 사람들과 얼굴
을 맞대는 일이란 작은 흥분을 갖기에 충분했죠.

　그리고 이십 대엔 제법 먼 곳까지 여행을 하다 여관이라는 간
판을 보면 왠지 그곳이 내 초라한 몸을 저항 없이 받아줄 것 같
았습니다. 내 몸뚱이로 밥벌이를 하기 시작하면서 여인숙과 여

관은 거의 없어져 어디 타지에라도 가서 묵는 날엔 모텔에서 자야하는 날이 많습니다. 이 시점부터 내 생에 흥분과 떨림과 기대들은 많이 사그러들어 생활인으로서의 한 인간이 침대에 누워 다음날의 일정을 생각하고 걱정하게 되지요.

　북쪽으로 난 작은 창이 있었던 여인숙. 요즘도 아주 가끔 그런 곳에 하루쯤 몸을 뉘이고 타인의 말을 받아 들고 싶을 때가 있습니다. 청춘을 복기하며 현재의 생을 역주행하고 싶은 것이지요.

　　여인숙에 든 생의 안내자들

　　자신의 고단한 생을 낙서하며

　　밤새 서로의 팔에 기대어 낙담하던 사람들

　　나는 그런 여인숙에 든 적이 있었으나

　　생의 숙박부는 이미 낡았고

　　언제 죽었는지 모를

　　날파리와 개미와 바퀴벌레의 주검이

　　아우성치는 곳.

　　그대 생의 안내자로

　　거기, 그

　　여인숙에 들 수 있을까?

　　수돗물과 화장실과 수건과

　　옆방의 수근대는 소리가 모두 공동인

　　자신의 의지와 상관없이 공동인

　　거기, 그　곳.

생의 광기들이 날숨 쉬는 동굴

꽃무늬 차렵이불이 서럽게 펄럭이는

춘천시 중앙동 산비탈

무기력한 100w 알전구가 흐린 눈

껌벅이는

"일양 여인숙"

— 졸시, 「일양 여인숙」 전문

낙엽을 태우는 밤

　가끔은 우울한 것도 그 우울을 불러일으킨 어떤 것들도 다 내 것이라 소중하게 받들어 모시고 싶은 날이 있습니다.

　어느 초겨울 나는 거지와 낙엽을 태우며 밤을 샌 적이 있고, 불 위에서 타는 낙엽의 슬픈 손금을 본적이 있습니다. 일면식도 없는 사람과 낙엽을 태우며 하룻밤을 보내는 일은 참 멋쩍고도 긴장되는 일이었습니다. 아주 오래전의 일이었지요.

　지금 서편에는 눈이 내린다는 소식이 간간이 들리는데 여기 동해 쪽엔 나무의 밑불 같은 낙엽이 떨어집니다. 거기에 확 불을 질러 생의 온기를 한동안 느끼고 싶은 충동을 느끼는 오후입니다.

야만에 불 지르고 싶은 저녁

잘 아는 시 쓰는 분이 메일로 인도 영화 〈water〉를 보내 주었습니다. 빨리 보고 싶어 얼른 귀가하고 싶은 날이었죠. 그 영화를 보는 내내 인도를 생각했습니다.

'알라하바드'라는 곳, 야무나와 갠지스가 만나는 그 곳인지 아니면 바라나시 어느 부근인지 정확히는 알 수 없지만 욕망과 욕망이 부딪치는 인도의 그 강이 나오더군요.

어느 시대나 사회가 그렇듯 약자의 절규와 죽음을 외면하는 권력의 역겨움, 특히 여성들에게 더 가혹하게 가해지는 폭력적 관습에 '가트'의 살타는 냄새가 겹쳐졌습니다. 힘없는 인간을 죽음으로 몰고 가는 권력의 속성. 그리고 계급이라는 이름하에 행해지는 그 권력의 야만성에 불 지르고 싶었습니다.

그리고 쪽배를 타고 강의 저편으로 가는 여배우들의 뒷모습을 보며 나도 저렇게 푸른 저녁을 노 저어 그리움과 사랑이라 명명된 어떤 궁극에 닿고 싶었습니다. 강안에 닿아서 고민 많고 가난하고 억압받는 사람들과 손잡고 세상 계급의 상층부에 있는 자들이 '신성'이라 믿는 신들의 오줌보 같은 강에 대고 오랫동안 구토를 하고 싶었습니다.

6월에 오는 손님

　'장마'라는 단어는 일 년에 한 계절 내게 오는데 그 어감은 늘 폐가 한 채와, 불구의 식솔과 가출한 애비 뭐 이런 것들을 한꺼번에 떠올리게 합니다. 곧 전선을 형성한 빗줄기의 대오들은 인간의 대륙으로 진입하겠죠. 마치 전투를 치르듯 허술한 곳으로 빗줄기를 총알처럼 쏟아 부으며 누군가의 항복을 받아내고 이 땅을 유린한 채 아주 조금씩 북쪽을 밀며 가다 사라지겠죠.

　장마, 이 비가 우리의 집과 길과 육체를 더듬고 할퀴며 지나갈 때 어떤 이는 생의 절정을 어떤 이는 우울을 어떤 이는 죽음을 어떤 이는 그리운 한 여자를 또 어떤 이는 곰팡이 냄새 나는 생의 절창을 생각할지도 모르겠습니다.

　누구든 평등하게 비를 맞아야하는 6월, 내가 사랑하는 사람과 내가 사랑하는 세상과 우산 아래서 평화롭고 한가하게 거닐 날을 생각해 봅니다.

비 내리는 날
서고 달림에 편견 없는
대관령행 완행버스를 타면
아득해

삐걱이는 의자에 팔다 만 산나물처럼
쑤셔 박혀 코를 고는 사람과
갈라터진 손으로 천 원짜리
지폐를 세는 아주머니가
공평하게 비를 피하는,
누구든 손 내밀면 자작나무 흰 피를
수혈받을 수 있는
비 내리는 오후

온몸의 남루를 칭칭 붕대 감으며 달리는
대관령행 완행버스를 타면
그리하여, 더욱
아득해

—졸시, 「대관령행 완행버스」 전문

엽서 |5|

전어 굽는 냄새

전어가 한창인 계절이라는데... 전어 굽는 냄새에 집나간 며느리도 돌아온다는데...

멀리서 전어회 전어구이 전어무침 등 먹으러 오라는 약 올리는 연락이 옵니다. 약은 오르고 먼 곳에서 풍기는 전어 굽는 냄새가 여기까지 와서, 급기야 나는 상상하죠. 만삭의 몸을 끌고 강의 하구까지 온 저들의 경외스런 몸들. 몸을 망치려고 강의 하구까지 와서 한 인간의 눈동자를 유심히 보는 회초리 같은 지느러미들. 거기 매 맞고 싶은 내 종아리를 하얗게 드러내 놓고 오늘은 그 강을 거슬러 걷고 싶습니다. 그러다 문득 이런 생각을 해봅니다.

내 말들을 석쇠에 올려놓고 노릇하게 구우면 그 타는 냄새 몇 리나 갈까,

오리, 십리? 아니면 아득한 소멸의 지점까지?

이 흐린 가을

봉당에 앉아 근심 반 안심 반

반반씩인 마음이 서편 끝가지 다녀오고

집나간 누구를 기다리는지

옆집에선 한창 전어를 굽는다

깨가 서말씩이나 들어 있다는 그의 머리가

노릿하게 익어가는 동안

나는 무슨 사리 서말 사리 서말

이렇게 중얼거려보곤 하는데

집나간 누가 돌아오는지

대문 열리는 소리

그 소리에 실려

봉당 한켠에 슬쩍

청단풍 한 닢 들어와 앉는다.

—졸시, 「전어」 전문

안타까운 일들

탱자꽃이 한창인데 바람이 많이 부는 봄날입니다.

서둘러 무엇인가를 이곳이 아닌 저곳으로 보내려는 저 잔혹함도 다 이유가 있겠구나 생각하면 그리 서럽고 안타까울 일은 아니겠으나, 인간이란 피고 지는 것들에 경계를 넘지 못하는 아둔한 존재라... 바람에 실려 가는 존재들을 보면 오래 눈길을 거두지 못합니다.

애인아, 애인아.

꽃 진다, 꽃이 진다.

잎들의 성화에 못이겨

말 많은 중 중얼거리듯

제 몸에 스스로 제사 지내며

저기, 꽃이 진다.

음복 한 잔 하러 가자.

—졸시, 「음복」 전문

생의 변덕

"도덕은 힘에서 나온다"는 니체의 명제를 생각해 봅니다. 도덕이라는 이름의 허구. 그러나 나는 지금 인간의 모든 생을 억압하고 길들이는 그 망할 놈의 도덕을 말해야하는 직업병을 앓고 있는 환자입니다. 조금이 아니라 아주 많이 한심한 인간이지요.

늘 경황없이 떠도는 삶이라 주변의 안부도 묻지 못하며 사는 내가 싫어 완행버스를 타고 어디 멀리 가보고 싶은 마음 간절합니다. 한시도 잊지 않고 소읍과 간이 정거장의 안부를 묻는, 세상의 간이역에 인사를 하는 그런 상냥한 완행의 차들을 타고 멀리까지 가보고 싶은 것입니다. 직행으로 가는 모든 것들에 침을 뱉으며 거역하며 그 완행차의 종착역에 있을 눈매 선한 여자를 만나 오래 연애를 하고 싶은 것이지요.

유난히 추운 겨울입니다. 이런 겨울엔 더 심하게 생의 변덕을 부려보고 싶어집니다.